Edgar Seibel · Odyssee des galaktischen Kriegers

Edgar Seibel

Odyssee des galaktischen Kriegers

Roman

AUGUST VON GOETHE LITERATURVERLAG

IM GROSSEN HIRSCHGRABEN ZU FRANKFURT A/M

Das Programm des Verlages widmet sich
– in Erinnerung an die
Zusammenarbeit Heinrich Heines
und Annette von Droste-Hülshoffs
mit der Herausgeberin Elise von Hohenhausen –
der Literatur neuer Autoren.
Das Lektorat nimmt daher Manuskripte an,
um deren Einsendung das gebildete Publikum
gebeten wird.

©2010 FRANKFURTER LITERATURVERLAG FRANKFURT AM MAIN
Ein Unternehmen der Holding
FRANKFURTER VERLAGSGRUPPE
AKTIENGESELLSCHAFT AUGUST VON GOETHE
In der Straße des Goethehauses/Großer Hirschgraben 15
D-60311 Frankfurt a/M
Tel. 069-40-894-0 ✳ Fax 069-40-894-194
email: lektorat@frankfurter-literaturverlag.de

Medien- und Buchverlage
DR. VON HÄNSEL-HOHENHAUSEN
seit 1987

Websites der Verlagshäuser der Frankfurter Verlagsgruppe:

www.frankfurter-verlagsgruppe.de
www.frankfurter-literaturverlag.de
www.frankfurter-taschenbuchverlag.de
www.august-goethe-literaturverlag.de
www.fouque-literaturverlag.de
www.weimarer-schiller-presse.de
www.deutsche-hochschulschriften.de
www.deutsche-bibliothek-der-wissenschaften.de
www.haensel-hohenhausen.de

Bibliografische Information der Deutschen Nationalbibliothek
Die Deutsche Nationalbibliothek verzeichnet diese Publikation in der Deutschen
Nationalbibliografie; detaillierte bibliografische Daten sind im Internet
über http://dnb.d-nb.de abrufbar.

Lektorat: Jörg Frank
Satz und Gestaltung: Lasse Mertlich M.A.
ISBN 978-3-8372-0661-6
ISBN 978-1-84698-749-6

Die Autoren des Verlags unterstützen den Bund Deutscher Schriftsteller e.V.,
der gemeinnützig neue Autoren bei der Verlagssuche berät.
Wenn Sie sich als Leser an dieser Förderung beteiligen möchten, überweisen Sie bitte
einen – auch gern geringen – Beitrag an die Volksbank Dreieich, Kto. 7305192, BLZ 505 922 00,
mit dem Stichwort „Literatur fördern". Die Autoren und der Verlag danken Ihnen dafür!

Gedruckt auf säurefreiem, alterungsbeständigem Papier,
hergestellt aus chlorfrei gebleichtem Zellstoff (TcF-Norm)

Printed in Germany

All jenen, die gezwungen waren, ihre Meinung ein Leben lang hinter Fassaden zu verbergen!

Laut klingelte mein Wecker am frühen Morgen. Schnell sprang ich aus meinem Bett und bereitete mich auf meinen harten Arbeitstag vor!

»Mein Name ist Phil Segler und ich wohne zurzeit auf dem Planeten Zeusolar. Eine Welt, die vollkommen mit gigantischen Wolkenkratzern, breiten Straßen und großer Bevölkerung geschmückt ist. Seit der Besiedlung des Roten Planeten Mars lebt die menschliche Rasse im ganzen Universum verstreut! Sie bewohnt viele kleine, wunderschöne Planeten. Wir wissen schon seit langer Zeit, dass viele Welten von den verschiedensten Geschöpfen bewohnt werden! Mit denen wir, nicht immer, gut zurecht kommen.«

Fertig gekleidet -Schwarzer Mantel, passende Bondagehosen mit genügend Schnallen und Taschen für meine Laserpistolen und dazu schwarze Engineerboots- machte ich mich, mit dem Flugbus, auf den Weg zu meiner netten Kompanie. Ich war der Chef einer Organisation, die sich ‚die Aufklärer' nannte. Unsere Aufgabe war es, Kriminaltaten im Weltraum aufzuklären und zu beseitigen. So etwas wie ein großes Polizeiteam des Universums, auf das oft Verlass war! Dieses Mal herrschte eine gewisse Unruhe in meinem Unternehmen. Die Arbeiter liefen hin und her und waren völlig außer sich. „Was geht hier vor?!" schrie ich in die Menge. Einer der Männer hielt an und antwortete stotternd: „Verzeihung Sir Segler, aber es ist etwas Furchtbares geschehen! Der berüchtigte Killer und Weltraumpilot Marc Z. ist aus dem Gefängnis Grollor entkommen! Wir sind dabei herauszufinden, wo er gerade stecken könnte." „Was? Unmöglich! Dieser Marc scheint ein ziemlich gerissener Gauner zu sein. Er ist der erste Mensch, der es geschafft hat aus Grollor, dem größten Gefängnis für Schwerverbrecher, zu fliehen. Findet diesen Kerl!" Der Arbeiter: „Möglicherweise versteckt er sich immer noch auf diesem furchtbaren Planeten, Sir. Er sucht mit großer Wahrscheinlichkeit nach einem Raumschiff."
„Na dann, auf nach Grolloria!"

»So flogen wir mit zwei unserer Raumschiffe in Richtung dieses Planeten. Die Welt dort war dreckig und grausam. Überall roch es streng, die Siedlungen sahen heruntergekommen aus und Pflanzen gammelten nur so dahin! Beherrscht wurde sie von abscheulichen und misstrauischen Wesen, die wie zwei Meter große, mutierte, aufrechtgehende Ratten aussahen.«

Dort gelandet, wusste man bereits, weswegen wir gekommen waren. Der Anführer dieser überdimensionalen Nager führte uns zu der Zelle, aus der Marc Z. geflohen war. Vom Gefühl her, traute ich diesen Biestern weniger, als dem gesuchten Killer.

Die Zelltüren, des Grollor Gefängnisses, waren bedeckt von Lasergittern! Normalerweise, völlig unvorstellbar, dass da jemand ausbrechen könnte! Ein Gefängniswärter erklärte uns den Ausbruch folgend: „Einer unserer Wächter war wohl stehend vor Marcs Zelle eingeschlafen. Der Gefangene muss wohl seine Hand vorsichtig in die Hosentasche des Wächters geschoben, ihm die Schlüssel entnommen haben und so schließlich abgehauen sein." „Wo ist dieser tollpatschige Wächter jetzt?" fragte ich. Grinsend antwortete der Gefängniswärter: „Er hängt draußen am Galgen." Das war wieder typisch für diese dämlichen Ratten. Lag wohl in ihrer Natur, Wesen zu quälen und umzubringen. Vielleicht hätten wir sogar noch mehr genauere Informationen über den Ausbruch bekommen, wäre der Wächter noch am Leben. Der große Anführer der Grollorianer, dessen Name 'Häuptling Rodent' war, gab uns nur Auskunft darüber, in welche Richtung Marc Z. geflohen war. „Er befindet sich im Norden unseres Landes! Nur ein Wahnsinniger würde sich unbewaffnet dorthin begeben! Einige meiner stärksten Männer sind Marc bereits auf den Fersen. Helft uns diesen Killer zu finden. Aber seid auf der Hut, ihr Menschen!"

Ich fragte den Häuptling: „Wieso fürchtet ihr euch vor dem Norden eures Landes? Was befindet sich dort?" Rodent schien es unangenehm zu sein uns zu erklären, wer oder was sich dort befand. Der streng riechende Schweiß lief seine behaarte Stirn hinunter. Am liebsten hätte er es uns 'Menschen' gar nicht erzählt!

»Diese Grollorianer verabscheuten uns, weil ihre kleinen Verwandten, die einfachen Ratten, damals auf der Erde, von den Menschen mit Ekel gemieden und nicht selten getötet wurden.«

Noch einmal sah der Häuptling seine Leute an, die ihn während unseres Gesprächs wie einen Gott anstarrten, und setzte danach endlich fort: „ Das Volk dieser verdammten Anatonen bewohnt den Norden unseres Planeten! Seit Jahrhunderten führen unsere beiden Völker Kriege gegeneinander. Mein Traum ist es, sie irgendwann ein für alle Mal auszurotten! So, dass Grolloria nur noch von uns Grollorianern regiert wird! Wir sind die Mehrheit dieses Planeten!"

»Noch nie zuvor hatte ich von dem Volk der Anatonen gehört. In den damaligen Lehrbüchern, meiner Heimat Zeusolar, fand man nicht die geringsten Daten darüber.«

Da wir alle möglichen Waffen und gut ausgebildete Kämpfer dabei hatten, marschierten wir tapfer in Richtung Norden. Häuptling Rodent bestand darauf, mit einer seiner Truppen, ebenfalls mitzukommen. Er und ich marschierten nebeneinander. Am Liebsten hätte ich kein Wort mit diesem stinkenden Außerirdischen gewechselt. Doch ich musste mich als Anführer einer berüchtigten Organisation und Repräsentant der menschlichen Rasse, diszipliniert und höflich benehmen. So sprach ich zu Rodent: „Ein ganz schöner Aufwand, den wir mit solch einer Truppe veranstalten, oder?" „Nein, auf keinen Fall, Mensch! Diese Anatonen sind gierige und hinterlistige Krieger! Wir müssen sehr vorsichtig sein!"
Nach einem kurzen Marsch erreichten wir den gefürchteten Norden. Die historische Grenze, die das Volk der Grollorianer von den Anatonen trennte! Ein gewaltiger, grauer Felsen mit der Innschrift 'Überschreitung der Grenze auf eigene Gefahr!', markierte diese Stelle, die wir trampelnd, wie Barbaren, überschritten. Schon nach einigen Metern auf dem Boden der Anatonen, spürte ich Frische in der Luft. Meine Lunge schien sich von dem modrigen Geruch, der im Gebiet der Rattenähnlichen herrschte, zu erholen. Selbst meine Truppe schien es zu spüren. Häuptling Rodent äußerte sich nicht dazu. Entschlossen befahl er seinen Leuten weiter zu laufen.
Ich traute meinen Augen kaum, als ich auf einmal grüne Weiden, prächtige Bäume und wunderbare, blaue Seen sah! Die hellen, grünen Farben der Wiesen brannten mir mit ihrer Schönheit förmlich die Augen heraus! Sollte uns diese Schönheit etwa irgendetwas 'Grausames' über diese ach so gierigen Anatonen aussagen? Doch wieder waren Rodent und seine Männer zu entschlossen und zu stolz, als dass sie uns etwas Näheres zu dieser prachtvollen Natur

berichteten.

Nach diesem 'angenehmen' Marsch hielten wir auf einem Hügel ganz plötzlich an. Der Häuptling stürzte auf seine vier Beine und fing an den Boden zu beschnüffeln! Auf allen Vieren erinnerte er mich noch mehr an eine gewöhnliche Ratte. „Ich rieche sie! Die Anatonen und Marc Z., dieser draufgängerische Mensch, können nicht mehr all zu weit sein!" Blitzartig rannten die Grollorianer den Hügel hinunter ins Tal. Daraufhin befahl ich meinen Leuten, kampfbereit, diesen Biestern zu folgen!

Unten im Tal angekommen, standen die Grollorianer aggressiv und blutrünstig vor einer Truppe weiterer ungewöhnlicher Kreaturen. Zähnefletschend warf mir Häuptling Rodent einen Blick hinüber und sprach: „Das hier sind sie, Sir Segler! Das sind diese verhassten Anatonen! Lasst uns dieses Gesocks, gemeinsam, ein für alle Mal, vernichten und niederschmettern!"

»Kleine, gelbe, aufrechtgehende, schuppige Geschöpfe mit langen, entenähnlichen Schnäbeln und langen, dornigen Schwänzen! Ziemlich gewöhnungsbedürftiges Aussehen, jedoch hatte ich in meinem Leben schon so einige hässliche Spezies getroffen und diese schuppigen Enten fielen eher zu den weniger Angst einflößenden!«

Mit Gebrüll stürzten sich die Grollorianer auf die Anatonen, die ihnen stillschweigend ihre Lasersäbel vor die Brust hielten. Daraufhin folgte auch ich mit meinen Kriegern in die Schlacht. Aus meinem langen, schwarzen Mantel, zog ich meine Laserkanone hervor und erschoss einen Gegner nach dem anderen. Einer dieser Erpel trug eine teure, schwere Rüstung und dazu einen großen, goldenen Helm auf dem Kopf. Das musste wohl ihr getreuer Anführer gewesen sein! Blitzartig rannte ich auf ihn zu und drückte ihn mit voller Kraft zu Boden. „Wo zum Teufel ist Marc Z., du widerliches Monster?!" fragte ich wütend, an seiner Rüstung zerrend. Doch dieser starrte mir nur tief in die Augen und öffnete einfach nicht seinen Schnabel. Ich hielt ihm meine Kanone an den Kopf und wollte abdrücken, als er auf einmal meinte: „Ihr kämpft auf der falschen Seite, junger Mensch! Ihr wisst es doch selbst! Ich sehe diesen Hass gegenüber den Grollorianern in euren Augen. Schaut euch dieses dunkle Volk von Dieben und Verrätern doch nur an! Nichts als Blutdurst sehe ich in deren schwarzer Seele!"

Überrascht von dieser Äußerung, schob ich zitternd meine Kanone zur Seite und schaute mich auf dem Schlachtfeld um. Es stimmte, was er mir sagte! Die Rattenähnlichen kämpften mit reinem Vergnügen. Es schien ihnen förmlich Freude und Spaß zu bereiten, wenn sie jemanden umbrachten. Ihre Freude am Tod des Anderen, machte mich nur noch wütender. Ihr dreckiges Grinsen, mich zum Feind ihrer Rasse! Ich hielt diesen Wahnsinn nicht mehr aus! Ruckartig griff ich wieder nach meiner Laserkanone, drehte mich um und verpasste dem kämpfenden Häuptling Rodent einen gezielten Kopfschuss!

Geschockt sahen mich die Grollorianer an und ich spürte, wie der Hass in ihnen immer größer wurde! Einer ihrer Krieger brüllte: „Ihr dreckigen Menschen habt unseren Häuptling umgebracht! Dafür werdet ihr bitter bezahlen!" Und wie ein pechschwarzer Mantel überrollten sie meine Leute. Anschließend wurde ich von einer ihrer Paralysatorpistolen getroffen, konnte mich nicht mehr bewegen und fiel hilflos zu Boden. Diese Ratten fingen an, noch aggressiver zu kämpfen, als je zuvor. Auch viele Anatonen fielen durch ihre Hand. Ebenfalls sah ich, dass der Anführer der Anatonen, genauso wie ich, paralysiert wurde. Von diesen Grollorianern wurden wir zwei gefesselt, geknebelt und in den Kerker von Grollor gebracht!

So saßen wir schließlich in getrennten Zellen und dachten über unsere tapferen Krieger nach, die nun gefallen waren. Ich gab mir die volle Schuld für diesen fatalen Verlust. Vorsichtig sah ich zu dem Anführer der Anatonen hinüber und fragte: „Was werden diese Nager nun mit uns anstellen?" „Uns vor den Augen ihres Volkes köpfen! Diese Stinker lieben es, zu sehen, wie die Hauptmänner ihrer Erzfeinde geschlachtet werden! Ein großes Spektakel für dieses Rattenvolk. Nicht nur uns Anatonen, sondern auch eure menschliche Rasse, würden sie mit Herzenslust auslöschen, aber fürchten sich vor euren mächtigen Waffen und eurer überlegenen Intelligenz." antwortete er. „Wieso führen eure beiden Stämme seit Jahrhunderten Kriege?" Der Anatone überlegte kurz und setzte fort: „Nun, diese Nager, die sich Grollorianer nennen, waren nicht immer die Mehrheit dieses Planeten! Vor langer Zeit waren nur wir, die Anatonen, die Herrscher hier. Es sah, nicht nur im Norden, sondern überall schön und friedlich aus! Kriege wurden zu dieser Zeit nie

ausgetragen. Bis zu dem Tag, als die Grollorianer, wie eine Plage, mit ihren grauen Raumschiffen unseren Planeten überrollten! Sie brachten einen nach dem anderen um! Diese Monster kämpfen mit blinder Wut und Lust am töten! Aber mein Volk gibt nicht auf! Solange wir leben, werden wir gegen diese 'Plage' kämpfen, bis zum letzten Mann! Immerhin haben wir uns, im Laufe der Zeit, zu intelligenten Kämpfern entwickelt!" „Ich war schon von Anfang an misstrauisch gegenüber den mutierten Ratten gewesen! Ach, übrigens, ich heiße Sir Phil Segler!"
Der Anatone: „Freud mich, Sir Segler. Mein Name ist Hauptmann Anzeron. Ein nicht gerade toller Ort um Freundschaften zu schließen, aber was soll's!"
Als uns letztendlich der Gesprächsstoff ausging, legte ich mich für einen Augenblick hin. Doch wieder erinnerte ich mich an meine eigentliche Mission! Ich musste den Killer Marc Z. finden und dingfest machen! Ich stand auf und rief Anzeron zu: „Verrate mir endlich, wo Marc steckt! Verstehst du denn nicht, dass viele Personen durch seine Hand gestorben sind?" Ruhe bewahrend gab er zur Antwort: „Ich habe diesem Mann mein Wort gegeben, ihn nicht zu verraten."

»Ich hätte ihn beschimpfen, beleidigen oder ihm drohen können, doch was würde das bringen? Wir saßen fest, in einem düstren Kerker mit Lasergittern, auf unseren Henker wartend. Wir hatten doch keine Chance zu entkommen. Es kamen auch keine Wächter vorbei, denen man die Gefängnisschlüssel aus der Tasche ziehen konnte. Die anderen Zellen waren lehrgefegt. Wahrscheinlich wurde man, in diesem Knast von Grollor, schnell nach der Ankunft umgelegt.«

Es wurde Nacht und ich haute mich gerade ein wenig aufs Ohr, als Anzeron, plötzlich wie aus der Kanone geschossen, anfing zu singen! Er sang wohl in seiner Muttersprache. Zwar verstand ich nicht das geringste Wort, doch allein dieser stolze, entschlossene Gesang, weckte in mir gewisse Gefühle, die ich zuvor nicht gekannt habe. Meine Augen tränten und ich fing tatsächlich zu weinen an …

Unerwartet platzten zwei Grollorianer in das Gefängnis um mich und Anzeron an den Hinrichtungsplatz zu führen. Doch gerade, als die beiden Ratten einen Schritt wagten, fielen sie auch schon tot um! Eine große, dunkle Gestalt erstreckte sich, mit einer qualmenden Kanone, vor unseren Augen! „Na ihr Verlierer! Habt ihr mich vermisst?" ertönte die tiefe Stimme und die Gestalt trat ins Nachtlicht. Es war ein gerüsteter, großer Mann! Sein emotionsloses, ernstes Gesicht, die kurzen, schwarzen Haare und der Schnauzer, passten genau auf das Aussehen des gesuchten Marc Z.! Der Typ schaute mich an und meinte: „Brauchst gar nicht so zu starren, Kleiner! Ja, ich bin Marc, der berühmte Killer unserer Galaxis! Aber was soll das Gelaber hier? Erst mal werde ich euch aus euren Zellen befreien!"

»Aus welchem Grund wollte uns dieser Verbrecher, der in den vergangenen Jahren Morde begonnen hatte, nun helfen? Ich war völlig verwirrt.«

Rasch zog Marc einen kleinen Laserstrahler hervor und brachte unsere Zellenschlösser zum schmelzen! Die Lasergitter verschwanden, er löste unsere Fesseln und wir waren frei! „Lasst uns schnellstens abhauen!" rief Marc, während er das Gefängnis als Erster verließ. Kurz warf ich Anzeron einen vertrauenswürdigen Blick zu, nachdem ich mit den beiden in die Freiheit rannte.

Hinter uns hörten wir den donnernden Alarm, der aus dem Knast ertönte. Beim Laufen sprach ich zu Anzeron und Marc: „Wir müssen eins meiner Raumschiffe erreichen, das sich nicht weit von hier befindet! Folgt mir!" Ich sah, wie die blutrünstigen Grollorianer aus ihrem Tal krochen und uns verfolgten. Ein Glück erreichten wir zügig die Maschine, sausten hinein und ich startete die Motoren. Mit Laserpistolen beschossen sie unser Raumfahrzeug, doch wir entkamen rechtzeitig in den Kosmos!

„Diese Primitivlinge hatten noch nicht mal einen Hangar! Wir mussten bei denen auf dieser felsigen Fläche landen. Na ja, aus einem Hangar wäre es schwieriger gewesen abzuhauen!" teilte ich Marc und Anzeron mit, während ich das Raumschiff in Richtung Zeusolar, meinen Heimatplaneten, steuerte. Allerdings waren uns die Grollorianer mit ihren Raumgleitern schon dicht auf den Fersen! Marc rief: „Schneller, schneller! Gib Gas!" „Verdammter Mist! Wenn uns diese Ratten abknallen, schaffen wir es nicht nach

Zeusolar!" erwähnte ich konzentriert am Steuer. Doch wie das Schicksal so wollte, erwischte uns eine ihrer Kanonen! „Jetzt werden wir jämmerlich verrecken." meinte Anzeron, der emotionslos aus dem Shuttlefenster sah. „Halts Maul, du Trottel! Keiner wird hier verrecken!" brüllte Marc ihm als Antwort zurück.

Unser getroffenes Raumschiff kam mächtig ins Schleudern! Nervenzerreißend und mit letzter Kraft steuerte ich auf den bestmöglichsten Planeten zu. Es war nicht Zeusolar, jedoch ein grüner Planet! Und grün hieß für mich immer noch 'Leben'. Nach dem blitzartigen Einritt in die Atmosphäre, mussten wir schnellstens das unkontrollierbare Raumschiff verlassen. „Raus hier, sonst gehen wir alle drauf!" rief ich den beiden zu und entfernte mich vom Steuer. Glücklicherweise befanden sich Fallschirme an Bord, die wir rasch anzogen. Anzeron meinte: „Unter uns befinden sich bloß Wälder!" „Na dann los ihr Ärsche, springen wir! Das ist unsere letzte Chance!" brüllte uns Marc zu, nachdem wir drei uns endlich hinaus in die Luft wagten.

Das Raumschiff sauste blitzschnell in den Wald hinein und explodierte. Aufgrund des starken Windes, verloren wir uns in der Luft aus den Augen! Jeder Einzelne landete mit dem Fallschirm an unterschiedlichen Plätzen des Mischwaldes! Schwankend sank ich in die Tiefen der Wälder und fiel zu Boden. Ich erhob mich, packte meinen Fallschirm ein und sah mich um. Ich erblickte eine mystische Welt vor meinen Augen. Die Bäume waren groß, prächtig und schienen uralt zu sein; der grüne Boden war bedeckt von dichtem Moos. Eine überwältigende Frische lag in der Luft!
Doch auch wenn mich diese Natur begeistert hatte, ging ich weiter meine verlorenen Begleiter suchen. Nach einigen Kilometern hielt ich erschöpft an einer Waldlichtung an. Verschwitzt und fertig mit den Nerven hockte ich mich auf einen, mit Moos bedeckten, Felsen und schaute hinaus auf eine weite, dunkelgrüne Weide. Immer noch hatte ich diesen frischen Duft in der Nase.
Schnell wurde es Abend und über den langen Gräsern der Weide flogen winzige, leuchtende Glühwürmchen umher. Solche, die es in meiner Heimat Zeusolar nicht mehr gab … Der leichte Wind wehte sanft über die wunderbare Weide.

Zum ersten Mal verspürte ich absolute, innere Ruhe in mir und bekam sogar Gänsehaut!

Leuchtende Insekten flogen umher, die Nachtvögel sangen ihre Lieder, der Vollmond schien und die kühle Briese des Windes ließen mich friedlich auf meinem Felsen einschlafen.

»Dieser Planet, dieser zauberhafte Wald, hatten wahrlich etwas unglaublich Mystisches an sich.«

Am frühen Morgen wurde ich durch einen eigenartigen Gesang geweckt. Es war ganz sicher kein gewöhnlicher Vogelgesang. Diesmal klang es irgendwie menschlich. Fast göttlich sogar! Was ging nur in diesen dichten, verzauberten Wäldern vor sich? Der schöne, harmonische Gesang zog mich in seinen Bann und ich folgte dieser Stimme. Als ich immer näher und näher kam, wurde mir mit jedem Schritt klarer, dass es sich um eine sanfte Frauenstimme handeln musste! Mit jedem Schritt berührte mich dieser ruhige, liebliche Gesang immer mehr aufs Neue! Plötzlich sah ich diese Frau vor mir! Sie war keine gewöhnliche Frau; besser gesagt, sie war kein menschliches Wesen! Sie hatte lange, goldene Haare und trug ein helles, weißes Kleid und zu meiner Verwunderung, auch noch lange spitz verlaufende Ohren! Sofort erinnerte sie mich an ein Märchen aus meiner Jugendzeit, als mir meine Großmutter von den 'magischen Elfen' erzählte. Heilige, mystische Wesen mit Zauberkräften! All das traf auch auf diese Frau zu!

Ganz plötzlich hörte sie auf zu singen, starrte mich kurz mit ihren kristallblauen Augen an und rannte anschließend davon!

»Konnte es denn wirklich sein, dass ich soeben einer Elfenfrau begegnet war? Einem Geschöpf, das man zuvor nur aus Sagen und Märchen kannte?«

Ich musste der Sache auf den Grund gehen und folgte der jungen Frau. Sie führte mich tief in die geheimnisvollen Wälder, wo sich ein kleines, aber prächtiges Dorf befand! Die Elfenfrau rannte ins Zentrum ihrer Siedlung und rief mittels eines lauten Gesanges die Dorfbewohner zusammen. All die Leute hatten ebenfalls diese langen, spitzen Ohren und trugen eine eigenartige, lange Kleidung. Ich war wirklich in einem Elfendorf gelandet! Obwohl ich durch die ganzen magischen Wesen irritiert war, hielt ich weiter Ausschau nach meinen Gefährten Anzeron und Marc.

Die Dorfbewohner nährten sich mir langsam. Beinahe schüchtern und fasziniert schauten sie mich an. Ein alter Elfenherr fragte mich: „Wo kommt ihr her, junger Mensch? Wie ist euer Name?" „Mein Name ist Phil Segler und ich komme vom Planeten Zeusolar, bin jedoch unglücklicherweise hier mit meinem Raumschiff abgestürzt."

»Ich hielt es für richtig, den neugierigen Elfen erst mal nichts von meinen Kameraden Marc und Anzeron zu erzählen. Ich wusste ja nicht, ob es ein friedliches oder fieses Elfenvolk war!«

Der alte, langbärtige Elfenmann erwähnte: „Ihr müsst wissen, dass wir hier auf unserem Planeten seit vielen tausend Jahren keine Menschen mehr gesehen haben! Für uns ist es eine Ehre, Herr Segler, sie nun bei uns zu haben!" „Ich habe noch nie in meinem ganzen Leben Elfen getroffen! Zuvor kannte ich euch nur aus steinalten Märchen meiner Großmutter!" erwiderte ich.

Der Alte lächelte und führte mich durch sein wahrlich zauberhaftes Dorf, während uns die anderen neugierig folgten …

Inmitten des Dorfes hielten wir vor einer großen, teils zugewucherten, Statue an. „Dies ist unsere heilige Statue eines menschlichen Wesens! Es ist ein junger Krieger, der unser Volk vor einem Fluch erlösen wird! So beschreibt es zumindest unser Orakel!"

»Die Statue zeigte einen muskulösen, jungen Mann in einer Gefechtsposition. Ringsum lagen frische Blumen und Geschenke verstreut. Dieses Elfenvolk musste ihn wohl stark vergöttert haben.«

Der Elfenmann war sich sicher, dass ich dieser junge Erlöser sein musste! Ich hingegen, zweifelte an diesem überlieferten 'Geschwätz'. Die jungen Elfenfrauen grinsten und lächelten im Hintergrund, während ich nachdenklich die Statue betrachtete.

Der alte Elfenmann fasste mir an meine rechte Schulter und flüsterte: „Das Orakel hat sich noch nie geirrt, junger Mensch. Zweifelt nicht daran! Ihr seid unser Retter, unser Erlöser!"

»Wieder brauste sich in mir Wut zusammen, da es dieses Volk nicht einsehen wollte.«

„Auch wenn ich dieser Retter wäre, vor was sollte ich euer Volk denn erlösen?!" fragte ich kreischend.

Erschrocken von meinem Geschrei, kniete sich der Alte vor mir nieder und antwortete: „Vor dem Fluch, der auf uns lastet. Wir Elfen sind dazu verdammt, ewig zu leben! Den Tod kennen wir nicht und das Paradies haben wir nie erblickt! Es sei denn, ein menschliches Wesen nimmt eine junge Elfin zur Frau, dann wird der Fluch von uns genommen und wir wären endlich freie, 'sterbliche' Wesen! Ihr müsst, ihr seid dazu verpflichtet uns diesen Gefallen zu tun! Viel zu lange haben wir gewartet, mein Herr!"

Das Volk stimmte dem zu!

Geschockt und kurz vor dem Ausrasten brüllte ich: „Ich bin nicht der Erlöser! Ich habe eine Heimat und Leute um die ich mich kümmern muss! Ich werde auch keine Elfenfrau heiraten!"

„Ihr seid es aber, Phil Segler! Eure Heimat ist jetzt hier bei uns!"

Mein Herz raste und mein Körper spannte sich immer mehr an. Blitzartig floh ich aus dem Dorf wieder hinein in die tiefen Wälder! Ich hörte nur noch, wie der alte Elfenmann mir hinterher rief: „Ihr könnt eurem Schicksal nicht entrinnen!"

Ich rannte immer tiefer und tiefer in die Wälder hinein. Ich wollte mich nur noch so weit wie möglichst von den Elfen entfernen.

Plötzlich stolperte ich über eine dicke Baumwurzel und fiel hin. Langsam stand ich auf und sah vor mir einen kleinen Teich. »Na ein Glück«, dachte ich mir, »dass ich nicht in das Wasser hinein-geflogen war!«

Inmitten dieses Tümpels hörte ich etwas planschen. Erst hielt ich es für einen gewöhnlichen Fisch, doch es war was viel größeres! Der lange Fischschwanz schlug ständig unruhig aus dem Wasser hervor. Dann wurde es für einen kurzen Moment vollkommen still und es erhob sich anschließend ein junges Mädchen aus dem Wasser! Sie hüpfte auf einen Felsen und ich erkannte, dass sie anstatt Beine einen Fischschwanz trug! Eine leibhaftige, rothaarige Meerjungfrau hockte vor meinen Augen! „Wohin des Weges schöner Mann?" fragte sie. Ich antwortete: „Ich bin auf der Suche nach meinen Freunden Marc und Anzeron. Der eine ist ein Mensch, wie ich; der andere ein gelbes, stacheliges Geschöpf mit einem langen Schnabel. Hast du die Zwei vielleicht hier vorbeilaufen sehen?"

Die Nixe kicherte nur ...

„Ich bin hier oben Phil!" ertönte eine Stimme aus einer Baumkrone!

Es war tatsächlich Marc der, nur in einer Badehose, gezielt in den Tümpel sprang! „Komm auch rein! Das Wasser ist herrlich und warm!", rief er mir fröhlich und munter zu.

Marc schien nicht ganz er selbst zu sein. Mein Gedanke war, dass die Meerjungfrau ihn wohl, auf irgendeine Art und Weise, verzaubert haben musste!

„Was hast du mit meinem Freund gemacht, Nixe?" Daraufhin meinte sie: „Einst war dieser Tümpel ein schöner See indem ich zusammen mit meinen Schwestern rumplanschen, mich mit Fischen unterhalten und feiern konnte! Doch diese Zeiten sind längst vorbei. Durch einen bitteren Fluch wurde der See schnell zu einem Tümpel. So bin nur noch ich geblieben. Ja, ich habe deinen Freund verzaubert damit er bei mir bleibt, bis zum letzten Tag! Viel zu lange war ich hier allein!"

Zornig brüllte ich ihr zu: „Irgendein Fluch hat also dein Wässerchen verwinden lassen?! Ich hab es langsam satt mir diesen Quatsch anzuhören! Diese ständigen Flüche und Zaubereien auf diesem Planeten machen mich wahnsinnig! Ich werde dich einfach abknallen, dann wird Marc schon wieder normal werden!"

Gerade als ich nach meiner Pistole greifen wollte, flüsterte mir plötzlich eine leise Stimme zu: „Ohne Mitgefühl und Hilfe wirst du deine Freunde aus diesem Zauberwald niemals befreien können! Hör auf, deine Gefühle zu verdrängen!"

Erschrocken zuckte ich zur Seite und sah, dass die junge Elfenfrau, die mich einst ins Elfendorf geführt hatte, direkt neben mir stand!

„Was, was redest du denn da, Elfenwesen? Ich bin ein Kämpfer, ein Krieger und ein Führer mit einer Mission! Ich muss keine Gefühle zeigen oder irgendwie nachgeben! Ich werde meine Kameraden befreien und es anschließend meinen Feinden heimzahlen!" gab ich zur Antwort. Daraufhin erwiderte die Elfenfrau: „Du musst also keine Gefühle zeigen, ja? Und warum warst du dann zutiefst gerührt, als du meinen Gesang, am frühen Morgen, im Wald hörtest? Verdränge sie nicht, sonst wird sich dein Lebensweg mit Dornen und Labyrinthen schmücken!"

»Dieses magische Geschöpf, dieses märchenhafte Wesen, hatte doch wirklich recht. Ich erinnerte mich an den Augenblick, als ich wegen dem Gesang von Anzeron, damals im Gefängnis, zu Weinen begann.«

„Du sehnst dich nach Liebe und Geborgenheit, wirst aber immer wieder, aufgrund deiner Aufgaben, davon abgelenkt. Deshalb wirst du von einem tiefen Hass geplagt! Lass deine sensiblen Gefühle nicht in dir ruhen!"

Geschlagen von dieser Psychologin senkte ich meine Waffe nieder und fragte sie anschließend: „Aber was soll ich denn tun? Ich bin ein Anführer und muss mich immer weiter bewegen!"

Die Elfin lächelte und sagte: „Handle nicht aus dem Bauch heraus. Sei diplomatisch! Ansonsten werden dich dein Hass und deine Wut verschlingen!"

Ich sah wieder zur Meerjungfrau rüber, die sich ängstlich hinter ihrem Felsen versteckte und rief ihr zu: „Hab keine Angst! Ich werde dich nicht umbringen. Lass uns lieber darüber reden, wie wir uns doch noch einigen könnten."
Die kleine Nixe überlegte nicht lang und redete los: „Finde einen See, besser noch ein Meer, wo ich weiterleben könnte! Natürlich müsstest du mich, zu guter Letzt, auch dahin tragen!"
„Na schön kleine Meerjungfrau! Ich werde diesen See finden!"
Daraufhin meinte die schlaue Elfenfrau: „Ich werde mit dir kommen, Phil! Immerhin kenne ich mich in diesen Wäldern besser aus, als du!"

»Wieder kam ein gewisses Gefühl des Misstrauens über mich. Ich war mir nicht sicher, ob ich der mysteriösen Elfin trauen konnte. Trotz allem benötigte ich jemanden, der sich in diesem Gehölze auskannnte!«

So verabschiedete ich mich von der rothaarigen Nixe und meinem verzauberten Freund Marc, der fröhlich im Wasser vor sich hin planschte, und begab mich, zusammen mit der Elfenfrau, auf die Suche nach einem perfekten See.
Unterwegs fragte ich sie nach ihrem Namen. „Wir Elfen haben keine Vor- oder Nachnamen wie ihr Menschen. Wir werden nach unseren

Eigenschaften benannt! Mich nennt man ´die Edelmutige'. Aus dem einfachen Grunde, da ich hilfsbereit, sensibel und mitfühlend bin. Viele Elfen meines Dorfes kommen oft mit ihren Problemen zu mir. Nenn mich einfach 'Edel'.", antwortete sie lächelnd.

„Alles klar Edel! Du hast doch bestimmt eine Ahnung, wo sich so ein prachtvoller See befindet, oder?"

Sie erklärte: „Nun, ich kenne keinen See in dieser Umgebung, aber weiß wen wir um Rat bitten könnten!"

„Na dann lass uns denjenigen suchen und in ihm ein wenig rumstochern!"

»Ich zerbrach mir den Kopf darüber, was für eine Person, was für eine Gestalt, sie wohl meinen konnte. Innerlich bereitete ich mich auf alles vor und hoffte, auch meinen verschollenen Gefährten Anzeron unterwegs zu finden. Wer wusste schon, ob er nicht entweder 'verzaubert', 'verflucht' oder gar getötet worden war. In diesem riesigen Mischwald konnte man wirklich mit allem rechnen.«

Je tiefer wir beide uns in die Wälder begaben, umso finsterer wurde es um uns herum. Edel eilte voraus und rief mir zu: „Es ist nicht mehr weit bis zu dem 'Allwissenden'! Lauf mir einfach nach, dann haben wir es bald geschafft!"

„Der Allwissende? Ist das auch so eine Elfengestalt wie du? Muss man sich vor ihm fürchten, ihn erpressen oder geradezu anflehen, damit er uns den Weg zum See weist?" fragte ich interessiert, während ich der eilenden 'Edel' folgte.

„Er ist kein Wesen, das einem Böses zumutet!"

Nach dem anstrengenden Gerenne hielten wir urplötzlich vor einer gewaltigen, breiten Eiche an. Eine große Menge an leuchtenden Insekten, wie den Glühwürmchen, kreiste um den alten Baum.

Unerwartet kniete sich Edel vor der Eiche nieder, faltete ihre Hände, schloss die Augen und sprach: „Bitte Allwissender des Zauberwaldes, erweise uns die Ehre und zeige dich!"

Anschließend öffnete sich ein Tor im Herzen der alten Eiche und eine große, dürre, stöhnende Gestalt trat vor uns ins Licht!

Abgemagert und alt schaute diese, in meinen Augen, gibbonartige Kreatur aus! Das Gesicht wie das eines alten Mannes- langer, weißer Bart, graue Haare und viele Falten-, der Körper ziemlich dürr, die Arme und Beine länger als mein gesamter Körper! Das Einzige was dieses, einem Affenmensch ähnelnde, Wesen an Kleidung trug, war eine lange, lumpige Hose.

„Dieses Monster soll der 'Allwissende' sein? Das ist doch wohl nicht dein Ernst, Edelein?! Diesem mageren Mutanten würde ich keine sekundelang trauen!"

Unerwartet kam der lange Riese näher zu mir, und ich wollte schon nach meiner Waffe greifen, als er plötzlich gelassen meinte: „Sei doch nicht so hochnäsig gegenüber einem uralten Weisen, junger Fremder. In meinen Augen seid ihr Menschen die Mutanten, aber lassen wir das unsinnige Thema. Was wollt ihr zwei denn wissen? Und was treibt einen jungen Menschen auf unseren mystischen Planeten?"

„Großer Allwissender, bitte weise uns den Weg zu einem schönen See, um einer einsamen Meerjungfrau zu helfen und so einen verzauberten Menschen aus ihrem Bann zu befreien!" gab Edel zur Antwort.

Der alte, knochige Riese ging in die Hocke und offenbarte: „Mit Gewissheit kann ich euch den Weg zu einem See weisen, jedoch bestehe ich darauf die Zukunft von Phil vorherzusagen! Das erscheint mir erst einmal wichtiger!"

Die liebevolle Elfenfrau nickte nur, während ich ihn nur entsetzt ansah ...

»Weshalb wollte mir dieses steinalte Ungetüm 'die Zukunft vorhersagen'? Die andere Frage war, woher er bloß meinen Namen kannte? Aber was hatte ich denn zu verlieren? So ließ ich 'den Allwissenden' reden! ...«

Schließlich begann er zu prophezeien: „Du hast, bevor du zu uns kamst, eine Schlacht auf Grolloria geführt und dabei aus blinder Wut und Hass einen großen Häuptling der widerlichen Grollorianer umgebracht! Dadurch hast du dir viele Feinde gemacht und deine gesamte, menschliche Rasse in gigantische Gefahr gebracht, Sir Phil Segler! Die Grollorianer haben die Menschen immer gehasst und jetzt, wo du diese Biester an deren empfindlichster Stelle getroffen hast, werden sie auch nach eurer Ausschau halten.- Nach dem Herzen der Menschheit! Nach eurer Göttin-!"

Gereizt fragte ich: „Wer oder was soll denn unsere Göttin, das Herz der Menschheit, überhaupt sein? Warum muss ich mir nur immer den Kopf zerbrechen, zum Teufel noch mal!"

„Glaube mir, die blutrünstigen Grollorianer werden sie finden! Ein Krieg steht dir, deinen Gefährten und deiner Rasse bevor! Unterschätze diese Biester nicht! Sie können, einer pechschwarzen Welle ähnelnd, dein gesamtes Volk verschlingen!" predigte der Allwissende überzeugend.

»Ich schaute ihm tief in seine weit geöffneten, hellen Augen, erkannte keinerlei Lügen und fing an ihm zu vertrauen. Ich musste handeln, etwas tun, um die Menschheit vor einem Krieg zu bewahren, doch ich war ganz allein ... Ich steckte fest, irgendwo in einem Zauberwald, auf irgendeinem grünen Planeten!«

In meinem Innern kochte und brodelte es vor Zorn und Leid, da mir im gegebenen Moment die Hände gebunden waren! So stürzte ich auf die Knie, hob mein Gesicht zum Himmel und brüllte den Schmerz förmlich aus meinem Leibe! Das Leid strömte nur so aus mir heraus, sodass sogar die Vögel vor Schreck aus ihren Baumkronen schossen.
Anschließend senkte ich wieder meinen Kopf, beruhigte mich und stand auf.
Der Allwissende sah mich starrend an und sprach: „Gut, dass du es jetzt rausgelassen hast. Ich sage dir, alleine wirst du diesen Krieg nicht gewinnen! Du brauchst jeden einzelnen Mann, ob Mensch oder Geschöpf eines anderen Planeten! Um solch ein Heer für dich zu gewinnen, musst du Verständnis und Mitgefühl zeigen und nicht misstrauisch oder egoistisch wirken, Phil Segler. Ich spüre dein großes Herz und die Liebe, die in dir schlummert, sich aber selten zeigt ... Zeige diese Liebe und Stärke, die in dir steckt! Lasse sie raus und teile sie mit deinen Leuten! Deinem zukünftigen Heer!"

„Oh ja, ich werde viele Verbündete haben und somit die dreckigen Grollorianer in die Flucht schlagen! Aber verrate mir, großer Allwissender, wer diese Göttin sein soll?"

„Es tut mir Leid, Phil. Diese Frage musst du selbst beantworten! Nun bin ich aber erschöpft und muss mich in meinen Baum zurückziehen … Ach übrigens, der See, den ihr sucht, liegt nur zwei Kilometer von hier entfernt, in Richtung Westen an zwei verwachsenen, strahlend weißen Birken. Kaum zu übersehen!"

Und gerade als ich dem Weisen noch mal fragen wollte, unterbrach mich Edel, verabschiedete sich beim Alten und führte mich von ihm fort.

„Gute Reise ihr zwei! Und viel, viel Glück!" gab uns der Allwissende mit auf den Weg, nachdem er wieder in seiner Eiche verschwand.

Vorbei an Mooren, Büschen und gewaltigen Sträuchern, schleifte sie mich hinterher, immer schön voran in Richtung Westen. Währenddessen dachte ich die ganze Zeit scharf über die Vorhersagen des 'Allwissenden' nach. Ich musste ihm einfach festen Glauben schenken! Seine Augen hatten mich zurzeit des Gesprächs förmlich verschlungen! Die Sache mit dem Krieg gab mir schon sehr zu denken. Ich musste wirklich meinen Jähzorn, mein Misstrauen gegenüber allem und jedem, zur Seite schieben und gute Kameraden gewinnen! »Wäre ich eine Elfe, würde mein Name mit Sicherheit 'Jähzorn' lauten!«

Nichts ahnend rannten wir über eine Waldlichtung und traten auf eine Stelle, an der sich überraschend der Boden erhob! Blitzartig entfachte sich daraufhin ein Netz aus dem Laub, fing mich und Edel ein und zog uns flott einen Baum hinauf!
„Verdammter Mist! Da passt man eine Minute lang nicht auf, schon baumelt man in einer dämlichen Netzfalle!"
Edel meinte: „Ich kenne ja viele Tücken des Zauberwaldes, doch auf so was war ich nicht gefasst!"
Wir waren also gefangen und schwankten hilflos über dem Boden in dem verfluchten Netz. Unter uns, in einem Busch, hörte Edel etwas rascheln, was ich, mit meinen 'kleineren' Ohren kaum wahrnahm! Eine Stimme sprach aus dem dichten Gestrüpp: „Da sind mir doch echt zwei Fischchen ins Netz gegangen! Das sehe ich mir mal näher an!" Gleich darauf sprang die, nicht sehr große, Gestalt aus ihrem

Büschel und wagte sich langsam an uns heran:

„Phil? Phil Segler, bist du es wirklich?"

Überrascht antwortete ich: „Eh, ja bin ich! Aber wer bist du? Komm näher, damit ich dein Gesicht sehen kann!"

Die Gestalt zögerte nicht lang und stand rasch ganz nah vor dem Netz, indem wir hangen. Ich traute meinen Augen nicht! Es war Anzeron! Mein kleiner, 'entenartiger' Gefährte war völlig unversehrt und schien noch topfit zu sein!

Erleichtert faselte er: „Endlich finden wir uns in diesem 'monströsen Irrgarten' wieder! Wie ein Bekloppter lief ich hilflos durch diese dichten Wälder, musste vor mutierten Wildschweinen, aggressiven Trollen und was es hier sonst noch alles gibt, flüchten! An dieser ruhigen Lichtung hier, hatte ich mir vorgenommen, mich für einen Moment niederzulassen und über meine verpeilte Lage nachzudenken. Baute dann anschließend, zur Sicherheit, diese Netzfalle aus Ranken, doch anstatt irgendein wildes Tier, tappst du da unerwartet rein! Auch nicht übel!"

„Nun, ich bin auch hoch erfreut dich wiederzusehen, aber könntest du uns jetzt hier bitte rauslassen?"
„Na aber klar doch, Phil! Ach, wer ist eigentlich die hübsche Frau da?", fragte Anzeron, während er nach irgendeinem spitzen Gegenstand griff, um das Netz zu durchtrennen.
Ich antwortete: „Das ist Edel, meine Begleiterin in diesem Irrgarten. Sie gehört zum Volk der Elfen dieses Waldes!"
„Das ist doch super! Jetzt haben wir sogar eine bildhübsche Navigatorin!", schmeichelte er.

Anschließend durchtrennte Anzeron das Fangnetz und wir prallten zu Boden. Ich fiel mit dem Gesicht ins feuchte Gras. Die feine Edel landete hingegen schön auf meinem Rücken! »Den Sturz hätte ich mir ehrlich sparen können.«

Anzeron lachte kurz und fragte nach dem Verbleib unseres zweiten menschlichen Freundes Marc Z.

So erklärte ihm Edel, dass er von der einsamen Nixe dazu verzaubert wurde, bei ihr zu bleiben. Zumindest solange, bis wir einen schönen See für die Meerjungfrau auftreiben und die Einsame dahinbringen können. Dazu erwähnte Edel auch noch, dass der 'Allwissende' uns verraten hatte, in westlicher Richtung solch einen See zu kennen.

Anzeron stockte für einen Augenblick der Atem, wonach er sich erst mal sammeln musste: „Was? Wie? Der große Klotz Marc wurde von einem kleinen 'Fischweib' verzaubert? Na schön, hier scheint es ja im Grunde sowieso nicht mit rechten Dingen zuzugehen. Schlendern wir weiter!"

Ernst und mit einem Ziel vor Augen, kämpften wir drei uns durch dichte Gräser und dornige Büsche immer voran in den Westen.

An der glänzenden, aber fetzigen Hose von Anzeron sah ich zwei Dolche baumeln, die mir neu erschienen. „Wo hast du die denn eigentlich her?", fragte ich. „Ach, diese Dolche? Die habe ich mir hier im Wald selbst angefertigt! Aus Holz, Kletterpflänzchen und messerscharfen Steinen. Nun, als Hauptmann der Anatonen ist man einfach begabt." antwortete er scheinbar munter, woraufhin er aber seinen Kopf senkte.

Ich klopfte ihm auf die Schulter und sprach: „Du wirst dein Volk schon wiedersehen. Das verspreche ich dir! Gemeinsam werden wir diese dreckigen Grollorianer in die Flucht schlagen!"

Danach erzählte ich ihm, dass der 'Allwissende' mir einen geplanten Angriff der Grollorianer auf die Göttin der Menschheit prophezeit hatte. „Weißt du vielleicht wer diese Göttin sein soll?", fragte ich ihn.

Doch selbst Anzeron, der verloren gegangene Hauptmann der stolzen Anatonen, wusste darauf keine Antwort. Er predigte nur: „Wir müssen und werden dieses pechschwarze Gesindel eliminieren und aus unserer Galaxie vertreiben!"

Während wir beide uns beim Laufen unterhielten, erwähnte Elfenfrau Edel kein Wort. Still folgte sie uns und schaute mich dabei häufig an …

Mitten im Gespräch fiel mir ein, dass ich über den Killer Marc Z. nur sehr wenig wusste. Also stellte ich Anzeron die entscheidenden Fragen: „Welche Verbrechen hatte dieser Typ begangen? Hat oder hatte er einen Boss, der ihm die Befehle zum Morden gab? Wie lautete sein voller Nachname? Und wo kam dieser 2,25 m große Mensch ursprünglich her?"

„Nun mal langsam, Sir Segler! Für den Anführer der galaktischen 'Organisation der Aufklärer' weißt du aber ziemlich wenig über den Schuft ... Marcs Nachname lautet Zayloron, den man mit: 'Der dem Beschützer-Geschlecht Zugehörige', übersetzen könnte. Er stammt vom Planeten Eurymedon, wo die beträchtliche Größe völlig normal war. Es war eine Welt voller paradiesischer Landschaften und die Menschen dort waren tüchtige Arbeiter, die in prächtigen, gigantischen Villen hausten. Damals, als Marc dort lebte, war er ein hochangesehener, gutmütiger König, den das Volk schätzte und liebte. Sein wunderschönes Land, das er und sein Vater errichtet hatten, ähnelte förmlich dem Reich Gottes! Doch das alles sollte bald nur noch eine Legende, eine bloße Erinnerung sein! Eines Nachts schwebte ein monströses, schwarzes Raumschiff über den Köpfen der friedlichen Einwohner! Aus dem Schiff erhob sich ein gewaltiger Vernichtungsstrahler und feuerte direkt auf ihren Planeten ... Von einem Schlag auf den anderen war diese traumhafte Heimat der Riesen, dieser paradiesische Planet, wie weggeblasen. Marc, der ehemalige König, war als Einziger seiner Rasse geflohen, da ihn sein Vater kurz vor der Vernichtung, in einen kleinen Raumgleiter gezerrt hatte. Er verlor alles; seine Heimat, seine Familie, Verwandte und sein Volk. Eines Tages landete er dann auf unserem Planeten, bei uns Anatonen und wurde schnell zu unserem Freund. So erzählte er mir von seiner Vergangenheit und dem monströsen Raumschiff, das seinen Planeten Eurymedon vernichtet hatte. Ich kannte dieses gewaltige Schiff. Nur ein Einziges im gesamten Universum besaß einen derartigen Vernichtungsstrahler: Das Zerstörerschiff der 'Welten Vertilger'! Einer Gruppe von Leuten, die teilweise aus Menschen, teilweise aus anderen Wesen bestand, und deren Aufgabe es war, Planeten die aus ihrer Sichtweise, als 'wertlos' und 'nutzlos' eingestuft wurden, einfach auszuradieren... Selbstverständlich zogen diese Parasiten Nutzen daraus! Sie schafften somit Platz für eigene Weltraumstationen, auf denen sie Kampfarenen errichteten und brutale Kämpfe veranstalteten und es bis heute tun.

Marc hatte sich damals das Emblem des Zerstörerschiffes gemerkt. Darauf war ein Drache, einen Planeten verschlingend, abgebildet. Ich verriet ihm, wo sich die meisten Mitglieder dieser Gruppe aufhielten. Nämlich auf dem sogenannten 'Weltraum-Parkplatz' und ihrem Hauptsitz 'Urganus'. Er würde sie an den Nackentätowierungen, die dem Emblem gleich waren, erkennen. Blitzartig wandelte sich der ehemalige König zu einem besessenen Jäger! Er sah sich nicht mehr als ein 'Beschützer' und kürzte seinen Nachnamen bis auf den Anfangsbuchstaben ab. Auch wollte er nicht, dass man ihn dadurch, als den 'ehemaligen König' erkannte. Von da an war dieser Mann nur noch unter Marc und dem Anfangsbuchstaben seines Nachnamen, 'Z', bekannt! Er durchforstete den ganzen Zwergplaneten Urganus und tötete jeden einzelnen der 'Welten-Vertilger', den er fand, ohne mit der Wimper zu zucken. Doch das Zerstörerschiff hat er bis heute nicht finden können. Genauso wenig wie den Kopf der Bande. Eines Tages wurde Marc dann schließlich von der galaktischen Miliz geschnappt und nach Grollor gebracht. Sein geliebter Raumgleiter wurde anschließend in Stücke zerlegt. Nun, den Rest kennst du ja. Jetzt scheint er dir doch auch sympathisch geworden zu sein, oder nicht? Sonst würden wir ihn ja nicht vor dieser Nixe befreien wollen!"

»Diese Geschichte hatte mir wahrlich die Augen geöffnet. Ich hatte ja keine Ahnung, was Marc, ehemaliger König von Eurymedon, durchmachen musste. Er hatte aus Rache und Zorn gemordet. Keine Frauen oder Kinder, sondern nur solche, die ihm großes Leid zugefügt und ihm alles, wirklich alles, genommen haben, was er hatte. Aber weshalb teilte man mir diese wichtige Biografie von Marc, nur nicht schon früher mit? Das hätte doch schon von Anfang an vieles erklärt! Bestimmt waren die Grollorianer, diejenigen, die diese Information vertuscht haben.

Ich dachte mir, da Marc zu einem Verbündeten der Anatonen geworden war, war er in den Augen dieser überdimensionalen Nager, eine Bedrohung für ihr Volk. Noch dazu ist er ein 'übergroßer', muskulöser Mensch. Das war schon mal der zweite Grund, weshalb sie ihn lieber tot als lebendig sehen wollten.«

27

Obwohl ich in Wahrheit einsah, dass Marc größtenteils unschuldig war, überrumpelte mich trotzdem mein stures Ego und ich gab zur Antwort:

„Na ja, weißt du Anzeron … Sympathisch ist mir Marc, der schnurbärtige Koloss, noch nicht so wirklich. Sicher ist jedoch, dass er uns beiden das Leben auf Grolloria gerettet hat, und ich mich dafür, als Freund revanchieren muss."

„Meine Güte, Phil! Du bist ganz schön unnachgiebig! Der Mann ist zwar ziemlich griesgrämig, aber kein Unmensch! Du kannst ihm voll und ganz vertrauen, so wie du jetzt auch mir vertraust. Gut, Marc hat zwar gemordet, aber doch nur die Verbrecher, die seine Heimat ausgelöscht haben!"

„Das verstehe ich doch voll und ganz, aber ich bin besser vorsichtig mit dem Kerl!" antwortete ich ernst blickend, wogegen mir mein Inneres zuflüsterte: 'Du hättest, wegen dem Verlust der eigenen Heimat, das Gleiche getan!'

Edel war schon ein Stückchen vorgegangen, weil Anzeron und ich so ins Gespräch vertieft waren. Plötzlich hielt sie inne und rief uns zu: „Kommt her, ihr Plaudertaschen! Seht nur, die zwei verwachsenen Birken, genau wie der Allwissende gesagt hat!"
Ich rannte mit Anzeron hin, stoppte, sah mich um und schrie: „Endlich haben wir den Platz gefunden!" Genau hinter den zwei verwunschenen, strahlendweißen Bäumen, befand sich auch schon der klare, saubere See, inmitten dieses rätselhaften Zauberwaldes. Der See war umringt von jungen Eichen, und die verwachsenen Birken vorne, schienen eine Art Eingang darzustellen. An dem Ort konnte man die Seele wirklich baumeln lassen. Man lauschte dem Wasser, den Grillen, dem Quaken der Frösche, dem Auf- und wieder eintauchen der Fische, spürte die kühle Brise, die einem sanft übers Gesicht wehte. Ich nahm die spirituelle Kraft, die in der Luft lag, sehr stark wahr.
„Also Männer, ich habe mir den Rückweg zur Meerjungfrau gemerkt.", teilte uns Edel stolz mit. „Das ist großartig, aber wir brauchen so etwas wie ein Transportmittel um das Fischmädel hierher zu

bringen! Was jetzt? Verdammter Mist, ich krieg hier gleich einen Anfall! Ständig diese verpeilte Lage!" jammerte ich.

»Warum hatte ich nur nicht schon vorher daran gedacht? Eine Nixe könnte man ja nicht einfach 'Huckepack' nehmen und zum See tragen. Die würde unterwegs doch völlig austrocknen!«

Da patschte mir Anzeron auf die Schulter: „Keine Panik, bloß nicht den Verstand verlieren! Ich bin handwerklich begabt, schon vergessen? Siehst du den umgeknickten Baum da am Rande? Aus dem werde ich rasch eine Art 'hölzerne Badewanne' schnitzen!"

„Eine verdammt geniale Idee, aber dafür bräuchtest du eine Art Beil, falls ich mich nicht irre!"

Suchend sah er sich um, griff blitzartig nach einem herumliegenden, festen Stock und einem großen, spitzen Stein. Packte sich Ranken und verband damit die Gegenstände!
„Da haben wir dein Beil! Man muss nur einfallsreich, stets einfallsreich sein! Nie die Nerven oder die Beherrschung verlieren!"
„Schon gut, großer Meister! Lass uns deine Badewanne anfertigen, bevor es wirklich stockfinster wird." antwortete ich, die Augen verdrehend.
Nachdem er für mich ebenfalls eine kleine Hacke angefertigt hatte, fingen wir an zu arbeiten.

Leider schafften Anzeron und ich es nicht wirklich rechtzeitig, da es doch schnell im Wald dunkel wurde. Um die Nixe ja später gegen das Austrocknen zu schützen, ließen wir dann Wasser in die Wanne ein. Dann hoben wir das fertige Gestell zu zweit an und folgten Edel auf dem Weg zur Nixe. Anzeron war zwar klein, aber kräftig, sodass wir keine Probleme mit dem Tragen der hölzernen Wanne hatten.
Die hellen Augen der Elfenfrau waren perfekt an die Dunkelheit angepasst, unsere jedoch überhaupt nicht ... „Edel, Edel! Anzeron und ich sehen so gut wie gar nichts!", rief ich ihr zu.

Mit einem außergewöhnlichen Pfiff lockte sie, zu unserer Hilfe, eine Schar von Glühwürmchen herbei, die uns doch tatsächlich den Weg beleuchteten.

Wir gingen an der gewaltigen Eiche des 'Allwissenden' vorbei, die in dieser Finsternis hell und magisch aufleuchtete. Zwischendurch legten wir kleine Pausen ein, wobei uns die treuen Glühwürmchen auch nicht von der Seite wichen.

Schaurig und finster zeigte sich der Zauberwald in jener Nacht. Dreiäugige Eulen beobachteten uns, achtbeinige Füchse und zweiköpfige Schlangen kreuzten unseren Weg. Doch wir liefen weiter und die Leuchtkäfer blieben weiterhin an unserer Seite.

Letztendlich kamen wir unversehrt an dem Tümpel der jungen Nixe an! Das Fischmädchen tauchte auf und schien sich riesig über unser Wiedersehen zu freuen, während Marc summend vor sich hin schwamm. „Habt ihr ihn gefunden? Den traumhaften See?!" fragte sie gespannt. „Ja, Rotschopf, das haben wir! Mithilfe dieser, mit Wasser gefüllten, Wanne bringen wir dich dorthin! Befreie aber zuerst meinen Gefährten Marc von deinem Zauber!"

„Also gut, ich sehe an deinen Augen, dass du nicht lügst! Du hast mir sehr geholfen, schöner Mann! Ich schenke dir mein Vertrauen und werde Marc wieder normal werden lassen." versprach die kleine Nixe. Durch einen sinnlichen Kuss von ihr, kam Marc endlich wieder zu sich!

„Zum Henker Leute, warum steh ich hier halb nackt im Tümpel?! Wer ist die blonde Frau mit den langen Ohren? Das Einzige, an das ich mich erinnern kann, ist, dass ich vor diesem Tümpel Rast machen wollte, als plötzlich dieses Fischmädel aus dem Wasser sprang und mich abknutschte!" sprach der Große aufgerichtet und war außer sich. Die Nixe: „Deine Sachen liegen da im Gebüsch." Marc warf ihr kurz einen überraschten Blick zu, nachdem er schnell nach der Bekleidung griff und sich anzog.

Auf einmal schoss mir eine dringende Frage in den Kopf, die ich den beiden magischen Frauen stellte: „Warum leiden hier so viele unter Flüchen jeglicher Art? Dein Tümpel, zum Beispiel, wurde dazu verdammt, schnell zu schrumpfen, kleine Nixe. Und dein Elfenvolk, Edel, wurde verflucht, ewig zu leben!"

Edel zögerte, mir darauf eine Antwort zu geben. Die Meerjungfrau hingegen, plauderte sofort los: „Unser uralter Zauberwald wird seit langer Zeit von einem diabolischen Magier beherrscht! Er findet gefallen daran, die Wesen unserer Welt zu quälen. Seine bittere Grausamkeit nimmt kein Ende!"

Marc wendete sich blitzartig zu ihr und meinte: „Dann wird's wohl Zeit dem Typen gehörigst in seinen Magierhintern zu treten!"
Ich jedoch, sah das alles eher skeptisch: „Wie bitte? Jetzt willst du also wieder dein Leben aufs Spiel setzen? Uns läuft die Zeit davon! Die Grollorianer wollen 'das Herz der Menschheit' vernichten! Wir müssen hier endlich weg!"

„Entschuldige Phil, aber ich kann es nicht zulassen, dass wieder ein wunderbarer Planet zugrunde geht! Nicht noch einmal!"

»Ich konnte Marc nicht widersprechen, und erinnerte mich an die Worte des Allwissenden, der meinte, ich solle Mitgefühl, Liebe und Verständnis zeigen, um somit auch ein Heer für mich zu gewinnen. Vielleicht würde dadurch, dass wir den magischen Wesen helfen, mein Misstrauen schwinden und ich könnte viele Leute für mich gewinnen, die bereit wären, mir in den Krieg gegen die überdimensionalen Nager, zu folgen!"«

Ich willigte also ein, schaute Anzeron an, der entschlossen nickte und damit einverstanden war.
„Aber Edel, warum hast du mir von eurer Unterdrückung nicht schon vorher erzählt?"
„Aus Angst, dass du getötet werden könntest! Allein hättest du doch keine Chance gehabt! Auch zu dritt, ist es fraglich, ob ihr den Magier besiegen werdet. Er beherrscht eine Menge von den Künsten der Zauberei. Ich, ich habe mich in dich verliebt, Phil! Bitte zieh nicht in den Kampf gegen diese Bestie! Du weißt doch, was der Älteste der Elfen gesagt hat. Du brauchst nur, eine Elfenfrau zu deiner Gemahlin zu nehmen, womit der Fluch unseres Volkes gebrochen wäre. Nehme mich zu deiner Frau und bleib hier! Phil, du bist der Erlöser unseres Elfenvolks, von dem das Orakel gesprochen hat!"

»Ich habe mir schon gedacht, dass Edel Gefühle für mich empfand. So wie sie mich die ganze Reise über angeschaut hatte, lag es wohl eindeutig auf der Hand.«
Nach ihrer Aussage musste ich tief ein- und ausatmen, sammelte mich und erklärte ihr: „Junge, liebreizende Edel, meine bildhübsche

Elfengefährtin, ich bin nicht der Erlöser eures Volkes … Sondern, wie es aussieht, der Erlöser jedes leidenden Wesens und eurer gesamten, märchenhaften Welt! Ich kann dich nicht zu meiner Frau nehmen, Edel … Ich habe eine wichtige Mission und muss auch das Leben meines Volkes vor dem Tod bewahren! Wie es scheint, liegt deren Leben in meiner Hand! Auch du liebst dein Volk über alles. Genau wie ich, mehr als alles andere. Es tut mir leid."

Traurig schaute sie hinunter zum Boden, quälte sich einen Augenblick mit ihrem Schmerz, blickt danach auf und lächelte mich liebevoll an, während ihr feine Tränen über die Wangen liefen.

„Ich werde dich immer lieben, Phil Segler … Nie werden wir dich vergessen! Jetzt bin ich felsenfest davon überzeugt, dass du unsere Welt und auch dein Volk erretten wirst. Ich werde jetzt gehen und meinem Volk ausrichten, dass du in den mutigen Kampf gegen den Magier ziehen und uns Elfen und all die 'verfluchten' Wesen des Zauberwaldes, somit von ihren Leiden befreien wirst."

Bevor sie ging, drückte sie mir eine feine, verzierte Flöte in die Hand und versprach, immer wenn ich in Not sein würde, müsste ich nur in dieses Instrument pfeifen, um sich die Elfen zur Hilfe zu holen! Zum Schluss versprach sie noch: „Keine Bange, meine Glühwürmchen werden euch den Rückweg zum See und der Allwissende' euch zum Magier leiten!"

Danach verschwand die Edelmütige in den dichten, mystischen Wäldern …

Und nach einer kurzen Atempause legten wir die Nixe in die Wanne, hoben gemeinsam an und trugen sie in Richtung See.
Anzeron und ich erzählten dem verwirrten Marc alles, was wir in dem mysteriösen Wald gesehen und er verpasst hatte.
„Dann hat dir also so ein 'Allwissender' prophezeit, die Grollorianer würden nach der 'Göttin der Menschheit' suchen und sie vernichten wollen? Eine komische Prophezeiung war das von dem Alten! Gibt es denn etwa eine 'alleinige' Göttin der Menschen? Ich meine, die menschlichen Völker haben unterschiedliche Götter bzw.

Göttinnen. Sie bilden damit keine Einheit! Keine Ahnung, was der damit meinen könnte!" berichtete Marc.

„Solch ein Jammer aber auch! Keiner von uns hat einen Plan, wer diese verflixte Göttin, das Herz der Menschheit, sein soll! Ich hoffe nur, die Elfen finden eine Möglichkeit, uns später irgendwie in den Kosmos zurück zu befördern! Ansonsten sind wir hier auf Ewig gefangen, wie's scheint!" teilte ich empört mit.

Anzeron erwiderte: „Vielleicht verfügt ja dieser dämliche Magier, der so stark sein soll, über irgend so einen Raumflitzer. Oder so was in der Art."

Wir alle drei hofften auf eine Rückkehr in den Weltraum, vor allem um schnellstens Verfolgung auf die Grollorianer aufzunehmen..

Beim Tragen der Wanne mit der 'Wasserjungfrau', erwies sich Marc als eine große Hilfe. Der 2,25 Meter große, stabile Mann trug das Mädel zwischendurch auch ganz alleine, während Anzeron und ich entspannt hinterherliefen.

Nach einer Weile hielten wir an der Eiche des 'Allwissenden' an. Der dürre, alte Riese hatte uns schon erwartet und wusste, weswegen wir gekommen waren: „Ich weiß, ihr sucht unseren abscheulichen Herrscher, den brutalen Magier! Ich helfe euch ihn zu finden. Sobald ihr am See angekommen seid, wird euch mein getreuer Greif auffinden. Er wird euch direkt zu dem Bösewicht fliegen! Seid allerdings auf der Hut, ihr drei! Man nennt den Magier nicht umsonst, den 'Meister der Blitze'! Er selbst betitelt sich sogar als 'Baron Blitz'!"

„Baron Blitz? Ein einfallsreicher Name muss ich schon sagen. Wir werden ja sehen, was uns erwartet! Ich verstecke mich nicht vor Widerlingen, die meinen, sie könnten eine ganze Welt in Schutt und Asche zerlegen!" fügte Marc hinzu.

Irgendwie schien ich der Einzige zu sein, der sich auf die Begegnung mit einem lebendigen Greif freute. Auf meinem Heimatplaneten Zeusolar galten diese anmutigen Geschöpfe als längst ausgestorben. Eine Begegnung mit diesem Tier, wäre einfach unvorstellbar! Meine liebe Großmutter erwähnte damals, als ich noch ein Knirps gewesen war, dass wer in die Augen eines Greifs sieht, seine Seele darin findet! Vielleicht würde ich den Sinn dieser Erwähnung nun bald begreifen! ...

Die kleine Nixe drehte sich in der Wanne hin und her und nörgelte: „Wann geht es denn endlich weiter, Männer? Können wir jetzt? Selbst die Glühwürmchen werden schon ungeduldig! Denken könnt ihr ja später!"

Der Allwissende lächelte, woraufhin er wieder in seiner Eiche verschwand …

Weiter ging es voran. Wir überwanden die mühselige Strecke, vorbei an den kleinen Fabelwesen der Nacht, und kamen schließlich an dem 'fantastischen' See an.

„Wunderschön! Einfach unbeschreiblich dieses klare Wasser und diese Schönheit! Ich danke euch! Danke von ganzem Herzen!"

So ließen sie Marc und Anzeron ins Wasser. Überglücklich schwamm und planschte die 'Seejungfrau' in ihrem neuen Zuhause umher.

„Kleine Nixe, du hast nun zwar deinen See, aber bist immer noch einsam! Oder sehe ich das falsch?" fragte ich.

Daraufhin das Wassermädel: „Völlig falsch, schöner Mann! Ich bin halb Fisch halb Mensch, beherrsche sowohl eure, als auch die Sprache der Fische! Hier gibt es doch genügend von meinen neuen, kleinen Freunden!"

Beruhigt warf ich ihr ein Lächeln zu und wendete mich zu meinen Gefährten, die starr in den Nachthimmel sahen:

Anzeron: „Hörst du das, Phil? Da kommt etwas auf uns zu!"

Marc: „Starke Flügelstöße! Ich ahne es schon!"

Mit jedem Flügelschlag wurde der Himmel heller und klarer. Es waren die prächtigen Flügel des Greifs, der vor den verwachsenen Birken zur Landung ansetzte! Das sicherlich wundervollste Geschöpf, das ich jemals sah. Als dieses Tier seine Krallen fest in den Boden rammte, war es auch schnell hell im geheimnisvollen Walde! Die treuen Leuchtkäfer waren plötzlich verschwunden!

Das eigenartige Aussehen dieses Fabelwesens, passte genau auf die Beschreibung der alten Erzählungen aus meiner Kindheit:

Der Rumpf ähnelte dem eines Löwen und der Vorderleib samt den großen Flügeln, den scharfen Krallen und dem Kopf, einem Adler! Seine fesselnde Gestalt ließ einen starr werden, vor Überwältigung!

„Was jetzt, Jungs? Sollen wir dem Federvieh einfach auf den Rücken springen und lossausen? Oder muss man es auch noch zähmen?"

fragte Marc ungeduldig.

Und genau in diesem Moment fingen mich die großen Augen des Greifs! Sie waren so menschlich, als ob man ihm tief in sein Innerstes blicken könnte. Ich schaffte es nicht einmal mich wegzudrehen, war wie hypnotisiert!

Plötzlich empfing ich eine Nachricht! Jemand sprach in meinen Gedanken zu mir. Die Nachricht wurde klarer und klarer: „Springet auf, ihr drei Krieger! Ich fliege euch zum Platze, an dem sich das Böse ausbreitet!"

Schnell war ich mir im Klaren, dass es sich um die Stimme des Greifes handeln musste, die da sprach.

„Kommt Kameraden! Rauf auf den Greif! Er wird uns zweifelsfrei zum Magier fliegen!", rief ich Marc und Anzeron entschlossen zu, woraufhin wir uns hemmungslos auf das Tier stürzen, und bereit waren, loszudüsen.

Die rothaarige 'Seejungfrau' lächelte, wünschte uns 'viel Glück' und verabschiedete sich, nachdem wir uns hoch in die Luft wagten!

Der starke Greif, der etwa die Größe eines Löwen besaß, fing mit den Flügeln mächtig zu schlagen an. So erhoben wir uns hoch über die dichten Baumkronen, und flogen los.

Während man auf dem Rücken dieses märchenhaften Geschöpfes saß und sich umschaute, erkannte man, welch eine prächtige Größe der Wald überhaupt betrug! Der gesamte Planet, auf dem wir uns befanden, bestand aus einem einzigen überwältigenden Zauberwald!

...

Schon bald setzten wir zur Landung an. Beim Herabsinken nahm ich einen dreckig-stinkenden Geruch von Blech, Rost und anderen Absonderungen wahr! Es war eigenartig, da sich inmitten solch schöner Urwälder, ein derartiger 'Mist' an einem Fleck absonderte! Der Geruch hatte etwas von den alten, verlassenen Schrottplätzen meines Heimatplaneten, der Makropole Zeusolar!

Zerstörte und verrottete Raumschiffteile lagen um den Platz herum. Raumschiffstücke die aus den verschiedensten Welten stammten!

Marc schaute sich kritisch um, und erklärte: „Daraus einen ge-scheiten Flieger zu basteln könnt ihr vergessen, Männer! Die Teile sind steinalt und in kleinste Stücke zerlegt worden!"

„Hat das etwa dieser Dreckskerl Baron Blitz angerichtet?!' fragte

Anzeron.

„Ich schätze schon. Das ist sehr beunruhigend", gab ich flüsternd zur Antwort.

Plötzlich, ein dreckiges Gelächter aus der Ferne!
Aus der Richtung aus dem das Lachen ertönte, flog unerwartet eine Art Handgranate auf uns zu!
Ich schrie: „Vorsicht Granate! Schnell alle zur Seite!"
Rechtzeitig entwischten wir der raschen Explosion. Marc richtete sich wieder auf: „Zeig dich, du verdammter Magier! Damit wir wie richtige Männer kämpfen können, falls du kein Feigling bist!"
Wieder ertönte das dunkle Gelächter, und kam immer näher! Wie aus dem Nichts fingen die großen Bäume vor uns flammen, als wenn sie von einem Blitz getroffen wurden!

Stürmisch sauste eine Gestalt, auf einer kleinen Flug-Plattform stehend, aus den Flammen hervor!
Direkt vor uns setzte sie zur Landung an. Der gesamte Körper steckte in einem breiten Anzug. Besser gesagt, war das eher eine bunte Rüstung, aus Farben wie gelb, rot und grün. Sicherlich auch als Tarnung gedacht. Dazu trug sie eine glänzende Haube, die an einen Kübelhelm erinnerte. Dadurch war es schwer herauszufinden, ob es sich bei der Gestalt um einen Menschen oder ein anderes Geschöpf der Galaxis handelte. Vorne auf dem dicken Brustpanzer waren verziert die Initialen 'BB Z' eingraviert. Eindeutig für 'Baron Blitz', den bösartigen Magier!
Energisch stieg er von der Plattform herab und sprach mit rauer Stimme:
„Seid gegrüßt, Fremdlinge! Man nennt mich Baron Blitz, den Herrscher dieses Mythenreichs! Von euch drei Störenfrieden habe ich schon gehört. Ich muss sagen, ihr seid mir so ziemlich ein Dorn im Auge!"
Marc schnauzte: „Na, wer's glaubt! Bereite dich auf deine Vernichtung vor, Blechbüchse! Du hast diesen Planeten lang genug terrorisiert!"
Blitzartig griffen wir nach unseren Waffen: Marc nach der Drehkanone, ich nach meiner Laserwaffe, und Anzeron wirbelte meisterhaft mit seinen Dolchen herum.

„Ha, mehr habt ihr närrischen Fremdlinge nicht zu bieten?", belächelte uns der Baron.

Anschließend griff er mit beiden Händen in seine 'wunderliche' Rüstung, zuckte zwei große Kanonen hervor und kreischte: „Das hier sind legendäre 'Plutonkanonen'! Keiner von euch Witzfiguren hat auch nur den Hauch einer Chance gegen die gewaltige Kraft dieser Waffen!"

„Plutonkanonen? Glaubst du etwa, ich hab' Schiss vor diesen überdimensionalen Weihnachtskerzen? Schreib dein Testament, Baron Blechbüchse!" brüllte Marc, nachdem er seine Drehkanone in Position gebracht hatte. Doch kaum hatte er diese auf 'Baron Blitz' gerichtet, feuerte dieser Verbrecher zügig los! Erst grelle Lichtfunken, dann zwei große Blitzstrahlen, entfachten aus den Plutonkanonen und bewegten sich direkt auf Marc zu! Unerwartet mischte sich unser getreuer Greif ins Gefecht ein! Mutig sprang er vor die gefährlichen Blitzstrahlen, um Marc zu schützen!

Diese Strahlen erwischten ihn so stark, dass er zu Boden fiel. Mühsam versuchte er sich wieder aufzurichten, doch sein Körper schien wie gelähmt worden zu sein!

Mit letzter Kraft drehte der Greif seinen Kopf zu uns. Ich hörte, wie er wieder in Gedanken zu mir sprach: „Der Magier ist kein Mensch und auch kein Wesen dieses Mythenreichs! Er ist eine Kreatur aus Hass, Zorn und Macht! Vernichtet ihn, bevor er uns alle ins Verderben stürzt!"

Schließlich schloss er die Augen, und starb …

Der Greif hatte für uns sein Leben gelassen. Ich konnte es einfach nicht fassen, dass er nun tot war!

„Jetzt ist erst recht Vergeltung angesagt!" schrie ich dem Baron zu.

„Ach, wirklich? Wie wollt ihr das anstellen? Ihr drei Schwächlinge kommt nicht mal gegen meine Kanonen an!"

Pfeilschnell schleuderte Anzeron seine beiden Dolche, gezielt, auf die Plutonkanonen des Schurken! Damit entriss er sie endgültig aus seinen Händen!

Ich rief: „Super gemacht, mein getreuer Kumpel!"

„Bin halt ein schlauer Kopf!" prahlte Anzeron im Anschluss.

Da stand der große Magier nun unbewaffnet, scheinbar hilflos, vor uns. Aber irgendetwas stimmte nicht mit ihm. Er schaute zu Boden und grinste! Aus dem dreckigen Grinsen wurde rasch ein Gelächter! Der kranke 'Baron Blitz' schien uns auszulachen!

Sein hinterhältiger Blick sah uns plötzlich wieder an: „Das werdet ihr bitter bereuen! Macht euch auf meine geballte, schwarze Magierkunst gefasst, ihr Narren!"

Marc lachte: „Ha, ha! Ich hab' schon viele Clowns in diesem Universum getroffen, die mir zu drohen versuchten! Letzten Endes zogen sie immer den Kürzeren! Aber bitte, zeig was du kannst!"

Der Körper des Magiers fing an, sich komplett aufzublähen! Ein erschreckender Anblick bat sich unseren erstaunten Augen!

Baron Blitz wurde immer größer und breiter! Er wuchs solange weiter, bis seine Rüstung endgültig aufplatzte!

„Oh, verdammter Mist, was für ein Ungeheuer!", schrien wir, als der Baron seinen widerlichen Körper enthüllte. Der monströse Leib war übersät von breiten Narben und dicken Adern, die ständig aufleuchteten! Die dünne Haut schimmerte grün und lila, wie die einer giftigen Schlange! Das Gesicht blieb jedoch vom Kübelhelm verdeckt.

„Einst nannte man mich 'Laturgan'! Ich bin ein Todes- und Krankheitsüberbringer! Unter dem Namen 'Baron Blitz' verursache ich die Finsternis und die Unwetter auf diesem Planeten! Ich beeinflusse das Schicksal der hier lebenden Geschöpfe! Nun frage ich euch, wie ihr Winzlinge mich besiegen wollt? Ich bin immerhin ein Gott!"

Wütend erwiderte mein Gewissen: „Ein Gott? Du ekelhaftes Scheusal bist nichts weiter, als ein Dämon! Ein aufgeblasenes Waldgespenst, das Leuten Angst einjagt!"

Verärgert plusterte sich der 'Dämon' noch weiter auf! Man sah, wie funkelnde Blitze durch seine Adern rasten! Unerwartet entfachten sie aus den Atemlöchern seines Helms! Marc, Anzeron und ich sprangen flink umher, um uns vor den Blitzen zu schützen.

Daraufhin stampfte der gnadenlose Baron kraftvoll auf den Boden, wodurch Gefährte Anzeron stolperte!

Ich letzter Sekunde versuchte ich ihm meine Hand zu reichen, doch die Blitzstrahlen erwiesen sich als schneller ...

Er begann zu zucken und lag kurz darauf, scheinbar leblos, vor uns. Mit weit geöffneten Augen kniete ich mich vor ihn! Mit aller Kraft rüttelte ich an seinem Körper, bekam kleine Blitzstiche ab, machte aber trotzdem weiter.

»Nur eine einzige Frage schoss mir zu diesem Moment durch den Kopf: „War Anzeron noch am Leben? Der schlaue und einfallsreiche Krieger, der Hauptmann der Anatonen, mein Gefährte und mein Freund! Würde er wirklich nicht mehr aufwachen?"«

Marc sah mich kurz an, schaute zurück auf den Baron und feuerte wild geworden los. Seine Waffe hielt er so fest in den Händen, dass sich seine Muskeln immer mehr anspannten. Leider zeigten die Schüsse bei dem Dämon keine Wirkung!

Ich neigte mich zu Anzerons Brust und stellte fest, dass sein Herz nicht mehr schlug ...

Ein gewaltiger, innerer Zorn machte sich in mir breit! Ich konnte ihn nicht mehr kontrollieren! Blitzartig griff ich nach einem von Anzerons Dolchen, und warf es direkt in den Sehschlitz des Dämons!

Marc jubelte: „Jawohl, Phil! Genau ins Schwarze! Jetzt hat das Monstrum schlechte Karten!"

'Baron Blitz', die dämonische Kreatur, schrie und winselte vor Schmerz. Die vielen Blitze strömten unkontrollierbar aus dem Sehschlitz seines Helms.

Schließlich hörten sie auf, und er kippte endgültig tot zu Boden!

„Gleich werden wir ja sehen, wer hinter der Sache steckte", sagte ich, wonach ich dem toten Baron den Helm abzog. Verdutzt betrachteten wir sein Gesicht und konnten es kaum glauben. „Ein Mensch? Dieser 'Dämon' hatte doch tatsächlich ein menschliches Gesicht!" sprach Marc erstaunt.

Wie aus dem Nichts tauchte plötzlich der alte 'Allwissende' auf: „Ja, allerdings nur halbwegs ein Mensch! Baron Blitz, der anfangs Laturgan hieß, wurde von seinem Heimatplaneten hierher verbannt. Er war seinen Landsleuten einfach zu gefährlich geworden, da er dort als 'Krankheitsüberbringer' bekannt war. Seine menschlichen Freunde hofften, wir Geschöpfe des Mythenreichs würden aus ihm einen gutmütigen Menschen machen. Nun, wir versuchten es, aber anstatt 'gut' zu werden, erlernte Laturgan die Künste der 'schwarzen Magie' und wurde zu 'Baron Blitz'. Zu einem finsteren Magier und Dämon! Einem blutrünstigen Herrscher! Ich danke euch, dass ihr unsere Welt vor ihm gereinigt habt! Habt vielen Dank!"

Marc und ich verstanden die Freude des Weisen, doch hatte dieser Kampf zwei Opfer gefordert.

Der Allwissende meinte: „Da ich ein alter Zauberer bin, liegt es in meiner Macht, eine Person wiederzubeleben. Jedoch müsst ihr euch für eine entscheiden! Nehmt ihr den mutigen Greif oder euren treuen Gefährten?"

Gerade als ich und Marc die Entscheidung fällen wollten, unterbrach der Alte: „Ihr müsst euren kleinen Gefährten wählen! Vergesst nicht, ihr drei Krieger habt eine wichtige Mission zu erledigen! Das ist euer Schicksal! Ihr müsst die Grollorianer in die Flucht schlagen und die Göttin, das Herz der Menschheit, vor der Vernichtung bewahren! Mein Greif gehört da nicht hin. Er ist, genau wie ich, ein Teil dieses 'Zauberwaldes'!"

Der Allwissende bemerkte unser Einverständnis, beugte sich mit seiner langen, knochigen Statur über Anzerons leblosen Körper und pustete ihm sanft ins rechte Ohr.

Marc und ich überlegten, was das bringen sollte, vertrauten aber fest dem Können des Weisen.

Auf einmal quoll aus Anzerons linkem Ohr tiefschwarzer Qualm! „Dieser Rauch, ist der Tod persönlich! Er ist ein Wirt der sich langsam in einem Lebewesen ausbreitet. Nur die Wenigsten besitzen die Fähigkeit, ihn hinfort zu scheuchen. Seid demnächst vorsichtiger, denn er lauert überall!" fügte er überzeugend hinzu.

Und kurz darauf öffnete Anzeron wieder die Augen: „Verdammt, bin ich etwa im Kampf eingeschlafen? Ich muss wohl noch athletischer werden! Habt ihr den Baron ohne mich besiegt? Was macht denn der dürre Opa hier?"

Nachdem wir ihm munter alles erklärt hatten, sagte der Allwissende einen Zauberspruch auf und teleportierte uns, auf wundersame Weise, in das Dorf der Elfen! Man empfing uns mit überglücklicher Freunde! Es wurde getanzt, gelacht und gefeiert! Wieder traf ich meine liebe, sensible Freundin 'Edel'! Vor Freude sprang sie mir auf den Rücken, und flüsterte munter ins Ohr: „Ich habe keine sekundelang an deinem Sieg gezweifelt! Ich wusste, du würdest uns vor den Flüchen befreien!"

„Wenn ich mich recht erinnere, wart ihr dazu verdammt, ewig zu leben! Nun seid ihr sterbliche Wesen, wie wir Menschen auch! Das ewige Leben wäre doch so viel schöner gewesen, oder sehe ich das falsch?"

„Das ewige Leben ist eine Last. Jedes Lebewesen lebt und stirbt! Wäre der Tod nicht, so würde keiner das Leben schätzen. Und ich will es schätzen und genießen, bis zum letzten Tag!"

Während Marc und Anzeron sich tanzend amüsierten, rief mich der Älteste der Elfen zu sich. Edel war so freundlich und ließ uns erst mal allein.

Liebenswert predigte der Elfenherr: „Von ganzem Herzen danke ich euch, Sir Phil Segler! Ihr habt nicht nur unser Elfenvolk, sondern unseren gesamten Planeten vor den Flüchen gereinigt! Ich habe ja von Anfang an gesagt, dass ihr der 'Erlöser' seid! So wie es das Orakel beschrieben hatte!"

„Jetzt mal Klartext, Ältester! Das mag alles perfekt zugetroffen haben, doch was genau ist euer Orakel eigentlich?", fragte ich gespannt.

So führte er mich in ein Gebäude, das einer Kirche ähnelte, und fuhr anschließend fort: „Das hier ist das sogenannte 'Gnadelichthaus'! Hier versammeln wir uns an schweren Tagen und suchen im Orakel nach Rat und Hilfe! Es ist das uralte Buch hier drüben! Wir wissen nicht woher es stammt oder wer es geschrieben hat. Sicher ist jedoch, dass es wahrlich das Schicksal voraussagt!"

„Wenn dieses 'heilige' Buch die 'Zukunft' kennt, dann sage mir, was ich, der Erlöser, als Nächstes tun soll, oder werde?"

„In dem Orakel steht geschrieben: „*Der Erlöser begibt sich auf eine gefährliche Reise gegen das Dunkle! Er wird nach der heiligen Menschenmutter suchen! Diese Begegnung wird Licht in den 'dunklen Schatten' des Bösen werfen!*"

„Mit 'dunklen Schatten des Bösen' könnten die feindlichen Grollorianer gemeint sein! Und mit 'Menschenmutter' sicher die 'Göttin der Menschheit'! Von der auch der Allwissende sprach! Ich begreife nicht, wer sie sein könnte!"

„Denken sie nach, Sir Segler! Jedes Korn hat auch einen Ursprung!"

„Ist die Göttin ein Planet? Vielleicht meine Heimat Zeusolar!"

„Nein, der Ursprung aller menschlichen Wesen! Das einzig wahre 'Herz der Menschheit'!"

Kurz darauf spitzten sich meine Sinne und ich glaubte, des 'Rätsels Lösung' gefunden zu haben!
»Konnte er damit tatsächlich den legendären und wunderschönen Planeten 'Erde' meinen? Eine Welt, die in den Lehrbüchern längst als 'Legende' galt?«

„Die Erde ist der Ursprung aller Menschen! Beschützen sie 'die Mutter' vor den 'dunklen Schatten'!"

„Aber mein Raumschiff wurde zerstört und ich habe keinerlei Koordinaten, die mich dorthin führen könnten! Falls die Erde überhaupt existiert!"

„Verzweifeln sie nicht, großer Erlöser! Kommen sie, ich habe da eine Überraschung!"

Lächelnd führte mich der Elfenherr aus der Kirche in das Zentrum des Dorfes. Ich schaute nach vorn und hielt rasch inne! Starr vor Überwältigung kreischte ich es heraus: „Mein Raumschiff ist wieder da! Ich danke euch, ihr gutmütigen Elfen!"
Die Zauberwesen hatten wirklich unser abgestürztes Raumschiff gefunden und repariert!
Hocherfreut kamen auch Marc und Anzeron angerannt!
„Ausgezeichnet! Endlich können wir wieder losdüsen!"
Da fing ich an zu erklären: „Also passt auf, mit der 'Göttin' und dem 'Herzen der Menschheit' ist die Erde, der Ursprungsplatz aller Menschen, gemeint! Wir können uns nicht einfach planlos ins Weltall begeben, ohne die Koordinaten dieses Planeten zu kennen!

Die verdammten Grollorianer sind bestimmt schon auf dem Weg dorthin!"

„Na ja, auf der Karte aus einer gewöhnlichen Bibliothek werden sich kaum solch legendären Planeten auffinden! Aber garantiert auf der einzigartigen Karte der 'Welten-Vertilger'! Die befindet sich auf einem ihrer Weltraumstationen, nicht weit vom Zwergplaneten Urganus. Da mich diese Drecksschweine kennen, werde ich mich verkleiden müssen, bevor wir starten!"

Die Elfen brachten ihm extra alte Kleidung. Marc wählte einen blauen Mantel mit einem Filzhut, den er sich schief aufsetzte, um schnelle Erkennungen vermeiden zu können!

Schließlich kam der große Abschied!

Das Volk dieser zauberhaften und friedliebenden Wesen umarmte und küsste uns mit aller Herzenswärme! Bei Einigen flossen gar die Tränen! Ich blickte rüber zu Marc und lachte, da ich sah, wie er vergeblich versuchte den vielen Küssen auszuweichen. Anzeron dagegen, schien dieser liebevolle Aufwand zu gefallen. Er sprang den Elfen förmlich in die Arme!

Im Moment dieser ergreifenden Wärme, wurde mir klar, dass ich den ersten großen Schritt zu einem 'gutmütigen' Anführer gemacht hatte! Ich hatte nicht nur eine Welt befreit, sondern auch Freunde und Verbündete gewonnen!

Der Allwissende kam zu uns drei. Er schien uns etwas mitteilen zu wollen. „Eins will ich euch noch mit auf den Weg geben! Falls es da Oben keine andere Möglichkeit geben wird, als dem Tode ins Auge zu blicken, so wisset: Ihr könnt ihn nicht umgehen, doch ihr könnt ihm sehr wohl mutig entgegen treten! Merkt euch das!", predigte er weise.

„Versprich mir, dass du da Oben vorsichtig sein wirst! Versuch Ruhe zu bewahren, Schwierigkeiten möglichst geschickt und diplomatisch zu lösen! Wir alle zählen auf euch! … Ich am aller Meisten! Benutz die Flöte, die ich dir gegeben hab, wenn du in großer Gefahr steckst, und wir werden zur Hilfe eilen!"

„Das werde ich, Edel! Ich zweifle nicht mehr an euren 'magischen' Fähigkeiten! Wir werden uns wiedersehen, meine Schöne!"

Nachdenklich bestaunte ich für einen Augenblick die Statue des

'Erlösers', der mir stark ähnelte …

So stiegen wir entschlossenen Kämpfer in unser Raumgefährt. Während sich die Luke schloss, winkten uns die Elfen hoffnungsvoll zum Abschied. „Ihr werdet es schaffen, Sir Segler!", rief der Älteste mir zu, wonach sich die Tür endgültig vor uns verschloss …

Ich begab mich ans Steuer und startete die Maschine!
Das Raumschiff hob sich problemlos vom Boden ab und sauste geschwind ins Weltall.
„Leute, ich verspüre eine Entspannung!", teilte uns Anzeron mit, als er aus dem Fenster sah.
Marc packte ihm an die Schulter: „Leider wird das kaum lange andauern, mein Freund. Sobald wir auf der Weltraumstation gelandet sind, werden uns die Welten-Vertilger mit Fragen bombardieren. Falls die rausfinden, dass ich König von Eurymedon war, bekommen wir gewaltigen Ärger!"
„Ich sage einfach, wir drei seien deren schlimmster Albtraum! Die Wahrheit eben!"
„Spaß beiseite, Anzeron! Gegen die vielen Räuber haben wir wenig Chancen, denke ich."
Plötzlich fiel mir die perfekte Lösung des Problems ein: „Anzeron, du erwähntest mal, auf den Weltraumstationen veranstalten die Vertilger Kampfspiele in Arenen! Sagen wir denen doch, dass wir gekommen sind, um mitzumischen! Wie wäre das?"
„Nun gut, einer meldet sich bei den Kämpfen an, während die anderen nach der Karte suchen! Riskant, aber machen wir's!"
Überzeugt von unsrem Plan landeten wir, nach Marcs Anweisung, auf einer der vielen Weltraumstationen. Sie alle kreisten um den Zwergplaneten „Urganus", der auch der Hauptsitz der Vertilger war.
Marc weißte auf einen Landeplatz, wo wir ansetzten. Bevor wir rausspazierten, schaute ich noch mal zur Sicherheit aus dem Fenster: Ein bewaffneter Mann lief in unsere Richtung!

Marc: „Das ist ein „Welten-Vertilger"! Ich schlage vor, ihr beiden versteckt euch hier, während ich mich fürs Turnier anmelde. Sobald ich und dieser Typ zur Arena laufen, folgt ihr uns unerkannt! Haltet bloß nach der verdammten Karte Ausschau!"

Wir nickten und ich öffnete die Luke. Anzeron und ich versteckten uns ruckartig, wonach Marc den Vertilger begrüßte: „Guten Tag, Sir! Ich möchte mich für das heutige Turnier anmelden!"

Der finstere, ungepflegte Kerl, mit der typischen Drachen-Tätowierung, erwiderte: „Na dann verraten sie mir, wo sie herkommen, wie sie heißen und woher sie dieses schicke Raumschiff haben!"

Marc verbarg sein Gesicht hinter dem Filzhut und fing an zu grübeln: „Na ja, also mein Name ist *Giganton* und bin auf Urganus aufgewachsen. Und das Raumschiff hier, ehm … Da unterbracht ihn der Vertilger: „Ah, verstehe! Du bist einer dieser Weltallräuber! Allein schon deine lumpigen Klamotten! Nicht übel, solch ein Schiffchen zu klauen! Fein, dann folg mir zur Arena!"

Als die beiden losgingen, kamen Anzeron und ich aus unserem Versteck. „Fürs Erste ist noch mal alles gut gegangen." „Marcs ärmliche Aufmachung hat uns gerettet." meinte ich beruhigend.

Mit leisen Schritten schlichen wir hinter ihnen her. Vor uns erhob sich ein schwarzes Amphitheater! Der gesamte Bau war von hohen Außenmauern umgeben. Um die rund angelegte Arena stiegen stufenweise steile Sitzreihen an. Das laute Gebrüll der Zuschauer, die aus verschiedensten Welten stammen, war überall zu hören!

Marc gab uns ein Handzeichen und zeigte auf einen nahegelegenen, heruntergekommenen Wachturm.

Ich verstand und flüsterte Anzeron zu, dass wir uns dahinbegeben sollten.

Nachdem Marc mit dem Typen in der Arena verschwand, konnten wir uns unbemerkt in den Turm schleichen.

Während wir die langen Treppen hinaufrannten, wurde Marcs Deckname 'Giganton' in die Liste der Kämpfer niedergeschrieben.

Plötzlich knieten sich die Zuschauer, wie auch die Welten-Vertilger nieder, da eine Stimme rief: „Der Kaiser von Urganus! Er ist da!"

Auch Marc sollte sich bücken, als die Person auf der Haupt-Tribüne erschien. Ein prächtiges, rotes Gewand, das goldene Zepter, glanzvolle Ringe, und eine fein polierte Krone zeichneten den Mann wahrlich als einen Kaiser aus!

Allerdings verrieten sein langer, ungepflegter Bart und die Narben im Gesicht, dass er trotz allem zum 'Verbrecher-Abschaum' angehörte!

Er hob sein Zepter in die Luft, woraufhin sich alle Kämpfer, zusammen mit Marc, inmitten der Kampfarena versammelten. „Seid gegrüßt, Gladiatoren des Universums! Ich bin Kaiser Minor, Oberhaupt von Urganus und Kopf der glorreichen Welten-Vertilger! Die Regeln des Kampfes sind einfach! Derjenige, der zum Schluss, als Einziger überlebt, hat einen Wunsch frei! Jetzt genug geplaudert, lasst das Gemetzel beginnen!"

Vom Wachturm aus, hatte ich das Massaker der Arena gut im Blick! Die wahnsinnigen Zuschauer lachten, schmatzten und freuten sich auf das Blutbad! Die kämpfenden Menschen und Kreaturen brüllten sich gegenseitig an und stießen sich wild geworden Schwerter, Dolche und Streitäxte in die Brust! Ein ziemlich primitiver Kampf bat sich meinen Augen.

Nur eine einzige Person, stand regungslos auf dem Platz! Es war Marc, von dem ich spürte, wie er versuchte, gegen seinen fürchterlichen Zorn anzukämpfen!

Kaiser Minor bemerkte ihn und schrie den anderen Kämpfern zu: „Dieser Mann dort unten scheint Krämpfe zu haben! Tötet ihn auf der Stelle!"

Sofort stürzte sich die stürmische Welle auf Marc! Doch in allerletzter Sekunde warf er seinen Filzhut und den Mantel ab: „Mein Name ist MARC ZAYLORON, König von Eurymedon! Ihr habt meine Heimat vernichtet! Und jetzt, bereitet euch auf euer Ende vor, Abschaum der Galaxie!" zuckte seine Drehkanone heraus und erschoss einen Kämpfer nach dem anderen, bis keiner mehr übrig war!

Die aufgebrachten Zuschauer flohen schnellstens in alle Richtungen …

Zitternd stieg Minor von der Tribüne hinunter zu Marc und meinte: „Aber Zayloron, versteh doch, dein Planet war ein Versehen! Meine Leute sagten mir, er sei vollkommen nutzlos! Außerdem war er von anderen Kulturen und Welten völlig abgeschnitten!"

Marc packte den Widerling am Hals und antwortete zähnefletschend: „Keine Kultur, keine Welt und kein einziges Lebewesen ist nutzlos! Jeder trägt zum Gleichgewicht bei! Nur deshalb, kann das Herz des Universums schlagen!"

„Marc, du Dummkopf kannst uns nicht aufhalten! Wie denn auch? Schau dich doch um! Ich habe meine Leute und du bist ganz allein!" provozierte Minor.

Die Vertilger umkreisten Marc und zuckten die Waffen.

Zur gleichen Zeit stöberten Anzeron und ich wild im Turm herum und fanden schließlich das, wonach wir suchten! „Das muss sie sein! Die einzigartige Karte!"

Vorsichtshalber schaute ich, ob die Erde darauf zu finden war. „Unglaublich! Da ist sie ja! Die Erde ist drauf!" „Sehr gut! Nun lass uns aber von hier verschwinden!"

Rasch packte ich die Karte in meine Jackentasche und wir liefen raus, hinunter zu Marc!

„Hey, Kaiser Minor! Marc ist nicht allein! Hier sind noch zwei Kerle, die auf seiner Seite sind!" rief ich dem Fiesling zu, und griff nach meiner Waffe.

Die Vertilger richteten ihre Kanonen auf mich, doch schienen sich heftigst zu fürchten. Ihre Augen wurden immer größer, die Beine zitterten vor Angst!

Plötzlich hörte ich, wie sich hinter mir etwas Gewaltiges anbahnte!

Ich drehte mich langsam um und sah diese abnormale, riesige Flugmaschine vor mir! Ein tiefschwarzes Raumschiff, das mit einem kolossalen Laserstrahler versehen war!

Aus dem Shuttlefenster schaute Gefährte Anzeron heraus: „Das ist das monströse 'Zerstörerschiff', von dem ich erzählt hab! Es stand am Hangar, hinter dem Wachturm! Die Bösewichte können sich auf was gefasst machen!"

»Dieser flinke Bursche überraschte mich immer wieder aufs Neue!«

„Ergebt euch, Vertilger! Oder ihr seid des Todes!" warnte Anzeron. „Niemals!", brüllten sie zurück und eröffneten das Feuer! Marc und ich mussten uns zügig ducken, woraufhin Anzeron zwei Laserkanonen aktivierte, die mit mächtigen Strahlen das ganze Vertilger-Team eliminierten!

„Unglaublich! Lange habe ich nach diesem Zerstörerschiff gesucht! Es war wohl in den Händen des Kaisers, der schwer zu finden war!", erwähnte Marc nachdenklich.

Ich betonte tröstend: „Jedenfalls, ist dieser Koloss nun in unsrem Besitz!"

„Das stimmt wohl. Doch halt! Wo ist Minor, diese verflixte Ratte?!"

Der listige Kaiser versuchte, auf leisen Schritten, im Hangar zu verschwinden. „Halt Verbrecher! Viel zu lange habe ich nach dir gesucht!" brüllte ihm Marc hinterher. Der drehte sich um: „Was hast du denn vor? Meine Männer hast du bereits erledigt!"

„Du wirst für deine Schandtaten bitter bezahlen!"

Marc grinste und schaute kurz darauf zu den Sternen. Er hob seine Hand und zeigte auf den Zwergplaneten Urganus:

„ANZERON, SCHIESS!"

Ruckartig aktivierte Anzeron den gefürchteten Vernichtungsstrahler und schoss!

Blitzschnell erreichte der Strahl den Planeten und ließ ihn in unzähligen Bruchstücken aufgehen!..

»Solch eine gewaltige Explosion hatte ich noch nie erlebt. Wir hatten es dem Schurken heimgezahlt, aber auf was für eine Art und Weise? Über unseren Köpfen war eine Welt erloschen. Noch dazu durch unsere Hände! Es war ein grauenhaftes Gefühl.

Waren wir jetzt etwa besser, als die Feinde selbst? In Minors Augen erlosch gleichzeitig die raue Seele des Bösen.«

„Phil, auf dem Planeten hausten allein die Welten-Vertilger! Ich war dort und weiß es genau! Also mach dir keinen Kopf!" versuchte mich Marc zu beruhigen.

Minor dagegen, fiel auf die Knie, senkte den Kopf, die Krone zerschellte und er heulte los …

Er schien seine Bosheit, den Hass und die Macht verloren zu haben. Kein Kaiser, sondern ein Wrack, weinte bitterlich vor uns.

Das Böse floss mit den Tränen hinfort.

Marc stellte sich vor den gebrochenen Mann, mit dem er 'quitt' zu sein schien.

Minor jammerte ihm entgegen: „Was wirst du tun, Zayloron? Wirst du mich erledigen? Tue es! Ich bin nichts mehr wert!"

Wieder sah Marc zu den Sternen und erwiderte: „Ach, wie gern würde ich's tun. Dich mit bloßen Händen erwürgen! Allerdings schein ich genügend Vernunft zu besitzen, es zu lassen. Deine elende Truppe, die zigtausend Welten in diesem System vernichteten, hab ich größtenteils ausradiert. Genauso wie Urganus, dieses Höllenloch! Heimgezahlt hab ich es dir somit, auf jeden Fall! Du Abschaum bist es nicht wert, getötet zu werden!"

Anzeron packte dabei die Wut: „Aber Marc, Minor hat dir mehr genommen, als du ihm! Dein Volk, deine Familie! Das Schwein besaß so was gar nicht! Der hatte bloß seine Handlanger! Ich weiß das, denn mein Volk kennt das barbarische Leben der Welten-Vertilger!"

„Mein Vater predigte einst: 'Gewalt bringt nur mehr Gewalt! Lerne sie zu zähmen!' Vielleicht haben mich gerade diese Worte davon abgehalten."

Minor: „Ich verspreche dir, dass ich mich ändern werde! Mein Größenwahn ist vorbei!"

Plötzlich reichte Marc ihm seine Hand und half ihm auf!

»Vollkommen überrascht von dieser Gutmütigkeit, überlegte ich, was wir mit diesem Minor anfangen sollten! Aus meiner Sicht war er ein wertloser Gauner und Massenmörder! Ich hätte ihn für seine Verbrechen umgelegt, ohne lang zu überlegen. Andererseits versuchte ich meinem eigenen 'Zorn' zu entgehen. Marcs schnelle Versöhnung kam mir etwas zu voreilig.«

Meine Dickstirnigkeit erlaubte es mir nicht, Minor einfach laufen zu lassen.

„Halt! Den Zausel lassen wir nur unter einer Bedingung am Leben!", fügte ich beharrend hinzu.

„Und die wäre, Phil?"

„Wir fliegen auf meinen Heimatplaneten Zeusolar und übergeben ihn meinem 'Aufklärer-Team'! Falls die Organisation nicht mitten in der Schlacht, gegen die Grollorianer, steckt!"

Minor bekam einen Schock und zitterte am ganzen Körper. Er kam näher, fiel vor mir auf die Knie und flehte: „Bitte habt Erbarmen! Die werden mich Qualen unterziehen, wenn sie rausfinden, dass ich Kaiser der Vertilger war! Ich kann euch doch behilflich sein! Ihr steckt anscheinend in einer gefährlichen Lage, hab ich recht? Die Grollorianer sind blutrünstige Kämpfer! Ich kenne da etwas, was euch diesen Kampf erleichtern würde! Sogar um ein Vielfaches, glaubt mir!"

»Der alte Kerl war wirklich am Ende seiner Kräfte angelangt. Man sah es an seiner Ausdrucksweise, dem Gesicht und den Augen, die nach Hilfe bettelten. So wie er uns drei ansah, konnte er unmöglich flunkern. Brennend interessierte mich, was er mit seiner Aussage, die Schlacht zu erleichtern, meinen könnte!..«

„Also schön! Spuck es aus, alter Mann! Was könnte in dem Kampf von solch großem Nutzen sein?"

Ein Grinsen machte sich in seinem Gesicht breit. „Ich rede vom 'Kristall des Übersinnlichen'! Er befindet sich auf Maana, einem Planet, der sich in der Heiland-Galaxie befindet. Die dort heimischen 'Langschädel' nennen den Stein **Vector Deliraza**, den *Wirt des Wahnsinns*! Es heißt, wer ihn berührt, zieht die Macht der Götter auf sich! Wenn wir ihn finden wollen, ist jedoch große Vorsicht geboten! Er wird stark bewacht!"

Allein der Gedanke, diesen seltsamen Kristall zu sehen, war einfach überwältigend. Allerdings blieb ich Minor gegenüber etwas misstrauisch, konnte mir aber solch eine Chance nicht entgehen lassen.

„Einverstanden, alter Zausel! Wir wagen den riskanten Trip!", antwortete ich, und gab ihm, mit einem ernsten Blick, zu verstehen, dass er bezahlen würde, falls seine Geschichte Unfug war.

Anzeron wurde unruhig: „Doch was ist eigentlich mit den restlichen Weltraumstationen hier? Möglicherweise verkriechen sich da noch Vertilger!"

Minor: „Keine Sorge! Ihr nehmt mich mit nach Maana, und zerstört anschließend die Station, auf der wir uns 'noch' befinden. Die Verbliebenen der anderen Stationen werden glauben, ich sei tot, und sich auflösen! Ohne mich, den Kaiser, existiert auch keine Truppe der Welten-Vertilger!"

Voller Motivation und Willenskraft brachten wir unsere beiden Raumschiffe in Startposition.
Auch wenn wir nicht genau wussten, was uns auf Maana erwarten würde. Trotz allem mussten wir diesen Kristall in die Hände bekommen! Der Gedanke trieb mich an! Mit solcher Kraft könnten wir die widerlichen Grollorianer locker in die Flucht schlagen!

Ich beschloss vorerst, uns folgendermaßen aufzuteilen: Marc und Anzeron im Zerstörerschiff, Minor und ich, in unserem älteren Raumgefährt.
Ich wollte den Kaiser fest im Auge behalten!

„Auf nach Maana! Heizen wir es den Langschädeln ein! Wer auch immer sie sein mögen!" rief ich aus dem Shuttlefenster, wonach wir, mit rasender Geschwindigkeit, aufbrachen! Wir durften schließlich keine Zeit verlieren, da die Erde in Gefahr schwebte.
Anzeron feuerte zu guter Letzt, den Vernichtungsstrahl auf Minors Weltraumstation, und ließ sie in Funken aufgehen.
Damit war die Galaxie die Vertilger für immer los! …

Während des Flugs, erzählte mir Minor über das Volk der Langschädel. Er erwähnte, dass diese Kreaturen, die ersten Wesen des Universums seien. Sie wären bereits lange vor der Entstehung der Menschheit aufgetaucht. Aufgrund ihrer länglichen Schädelformen und der hohen Intelligenz, hätte man ihnen diese Bezeichnung verpasst. „Ich selbst habe die Wesen nie gesehen! Oftmals versuchten meine Männer den Kristall zu stehlen, allerdings vergeblich. Alle die ich schickte, kamen ums Leben! Da die Versuche fehlschlugen, gab ich den Befehl zum totalen Bombenangriff! Doch wie durch Magie, flogen die Bomben, statt hinunter auf den Planeten, wieder hinauf in den Kosmos! Als wären sie vom Planeten abgeprallt worden! Dort geht es nicht mit rechten Dingen zu, mein Junge!", fügte Minor noch hinzu.

Der Mann sprach überzeugend, so als würde er die Situation noch einmal durchleben.
Ich begann mir Sorgen zu machen, da es so klang, als ob die Kreaturen uns haushoch überlegen waren …

Wir tauchten ein, in eine Galaxie, die mir persönlich, wie unberührt erschien.
Unsere Schiffe überflogen Mengen von Welten, die wie kosmische Diamanten in bunten Farben aufleuchteten!
Einerseits war ich sehr beeindruckt, andererseits wiederum verbittert, aufgrund der Grolltaten, die Minors Bande hier einst veranstaltete.
„Sieh dir diese Schönheit an, Kaiser Minor! Unbegreiflich, wie ihr dennoch, viele dieser Planeten vernichten konntet!"

Doch auf einmal musste ich kurz innehalten!
»Ich erinnerte mich, an die Zeit, vor Beginn meiner Reise. An eine Zeit, an der ich ebenfalls, ein Mensch war, der solch prächtige Herrlichkeiten übersah. Wahrlich hatten mich die Begegnungen mit unglaublichen Personen, sehr geprägt und einsichtiger gemacht!«

Der Alte bemerkte mein plötzliches Grübeln, nickte, und wende sich wieder von mir ab.
Er schien erkannt zu haben, dass auch ich, Fehler gemacht hatte.
„Ich möchte wie du, versuchen, mein Leben zu ändern! Ich will an eurer Seite für das Gute kämpfen!" erläuterte er, die Planeten betrachtend.

Unsere Raumschiffe bewegten sich direkt auf eine Art, riesige, 'kosmische Wolke' zu!
Langsam bekam ich ein mulmiges Gefühl und wollte abdrehen, als

Minor mir mitteilte, dass es sich dabei, um den legendären Nebel 'Gottesträne' handle, der den Planeten Maana umschloss. Deshalb sei der Planet für viele Angreifer von Außen, jahrtausendelang, unentdeckt geblieben.

Währenddessen hockten Anerzon und Marc stillschweigend in dem Zerstörerschiff und folgten uns gebannt, hinter den zauberhaften Nebel.

Dahinter präsentierte sich die schöne Welt, in ihrer ganzen Pracht! Vom Schiff aus, ähnelte sie stark der geliebten Erde! Ein blauer, wunderschöner Planet! Viele Inseln, Seen und ein gewaltiger, tiefblauer Ozean!

Je näher wir kamen, umso mehr erkannte ich Unmengen von großen Palästen, Ruinen und Tempeln.

„Lande besser außerhalb! Wir wollen doch keine Aufmerksamkeit erregen!" mahnte Minor, und wies auf eine kahle Fläche, nahe der alten Ruinen.

So senkten wir unsere Raumschiffe fein zu Boden herab.

Gleichzeitig stiegen wir vier aus, genossen kurzweilig die frische Luft, und setzen unsere Reise fort. Leider waren wir auf den Kaiser angewiesen, der mir irgendwie viel zu selbstsicher erschien. Er schritt voran und rief: „Vorwärts! Immer mir nach, Leute! Ich kenne den Weg, aufgrund der Überlieferungen!" Hatte er etwa vergessen, wer hier eigentlich das Sagen hatte? Aufgeblasen und unvorsichtig marschierte er den Ruinen entgegen. Hastig griff ich an seine Schulter: „Hast du nicht gesagt, wir sollen keine Aufmerksamkeit erregen?" „Ja, schon. Aber wir sind noch weit von den ersten Siedlungen entfernt!"

Und während wir liefen, sah sich Gefährte Anzeron nervös um, wobei Marc seine Kanone mit neuer Munition versorgte. Er spürte wohl, dass Gefahr in Verzug war!

Als wir bei den Ruinen ankamen, fing Minor an, irgendetwas zu suchen. „Hier irgendwo muss es eingemeißelt sein!" In seiner vertieften Suche wirkte der Alte kaum ansprechbar, so beschloss ich, ebenfalls nach irgendeinem Zeichen, an den Ruinenwänden, Ausschau zuhalten.

Viele eigenartige Gebilde zeigten sich auf den alten Steinblöcken. Sie schienen eine spannende Geschichte zu erzählen. Wenn man einigen Bildern folgte, klärte sich rasch folgender Zusammenhang: Einst waren die Langschädel wilde, unausstehliche Geschöpfe, die häufig Kriege führten. Bis eines Tages, ein heiliges Wesen, wahrscheinlich ein Gott, erschien, und die Wilden unterwarf. Das höhere Wesen übergab ihnen einen hell leuchtenden Stein. »Sicherlich den Kristall des Übersinnlichen!«, wodurch die Langschädel, scheinbar großes Wissen erlangten, und zivilisierter wurden! Sie erbauten Städte, große Flugmaschinen, und besuchten anschließend einen Planeten. »In meinen Augen, die Erde! Da die dortigen Bewohner den Höhlenmenschen ähnelten!« Die Langschädel fingen an, die Menschen in ihrem Wissen zu unterrichten …

Der Rest der Geschichte war nicht mehr zu entziffern, da die restlichen Steinblöcke völlig zerstört waren. Ziemlich bedauerlich!

Minor jedoch, fixierte sich einzig und allein, auf eine Sache. Plötzlich stieß er auf einen Stein, auf dem ein göttlicher Zeigefinger in westliche Richtung wies. Erleichtert rief er: „Na endlich! Dieses Bild hab ich gesucht! Der Kristall liegt im Westen, folgt mir!"

Auf einmal nahm ich ein leichtes Beben, aus der Richtung wahr! Ich sah, wie sich eine Horde seltsamer Gestalten, rasend auf uns zu bewegte!

Aus weiter Ferne glaubte ich, übergroße Echsen zu erkennen, die auf allen Vieren rasten!

„Mist, wir wurden entdeckt!" kreischte ich, und senkte die Hand zur Waffe.

Ruckartig nahmen meine Gefährten ebenfalls Kampfpositionen ein!

Aber kaum hatten wir mit den Augen gezuckt, wagten die Bestien einen weiten Sprung, prallten mit ihren Krallen gezielt gegen unsere Brust, und drückten uns zu Boden!

Da erkannte ich, die aufgerichteten Geschöpfe. Der typische, lange Schädel verriet ihre Herkunft!

So hatte ich mir die 'intelligenten' Langschädel nicht vorgestellt! Die Zeichnungen der Ruinen zeigten sie viel menschlicher! Obwohl sie scheinbar perfekt zweibeinig stehen konnten, und gar Rüstungen trugen, waren sie trotzdem hässliche Kreaturen! Ihre scharfen Krallen, die langen, schuppigen Echsenschwänze und diese grässlichen Reptilfratzen, sahen wirklich ekelerregend aus!

Und wie ich so am Boden lag, zog ich den Kopf rüber zu Minor, und

keuchte: „Na, das sind ja echt zivilisierte Drecksgesichter!"
Daraufhin ein Langschädel schnauzend: „Schweig still, Fremdling!"
und presste seine Krallen fest an meine Brust.
Marc gefiel der Aufenthalt, zu Boden gedrückt, ganz und gar nicht.
Rot angelaufen warnte er: „Ihr könnt was erleben, Großköpfe!"
Kurz drauf griff der Riese hastig nach dem Bein des Langschädels,
schleuderte diesen, kraftvoll bis hinauf ins Weltall! Aufgerichtet
bewegte sich Marc auf die anderen Kreaturen zu. „Weg von meinen
Gefährten, ihr Reptilfratzen!"
Die Langschädel schritten zur Seite, griffen jedoch nach außergewöhnlichen Laserkanonen. „Ihr Fremden werdet uns zu unserem
Herrscher folgen! Falls nicht, eliminieren wir euch, auf der Stelle!"
Diesem konkreten Befehl, mussten wir vier, uns beugen. So
marschierten wir voran, einer großen Stadt entgegen. Dort angekommen, sprachen und staunten die großköpfigen Bewohner,
über unser kurioses Aussehen. Die gerüsteten Langschädel jagten
uns eine steile Treppe hinauf, die in einen herrlichen Palast führten.
An allen Seiten standen schwerbewaffnete Wächter, die uns
anstarrten. Schließlich wurden wir aufgefordert, Platz zunehmen.
Vor uns standen zwei strahlend goldene Stühle.
„Dort wird sicherlich gleich der verdammte Herrscher auftauchen."
flüsterte Minor zornig.
Und wie angenommen, erschien er auch schon und nahm, auf
dem linken Thron, seinen Platz ein. Er war genauso eine hässliche
Echsengestalt, wie all die anderen 'Großköpfe'. Allerdings war sein
Körper von vielen goldenen Ringen umwickelt! Wahrscheinlich
als Zeichen des Herrschaftstitels. Ich fragte mich, weshalb aber
der rechte Thron leer blieb. War die Frau des Königs vielleicht verschollen oder gar verstorben?
Es wurde still im Saal. Alle Mäuler schwiegen, man nahm, einzig
und allein, feine Schritte wahr, die auf uns zuspazieren. Feine
und elegante Schritte, die nur von einer hoch angesehenen Frau
stammen konnten.
Plötzlich hielten sie an, ein Tor öffnete sich, sie trat endlich hervor!
Die Schönheit präsentierte sich in voller Pracht! Meine Augen
konnten ihr nicht entrinnen!
»Diese junge, schlanke Frau war mehr Mensch als Langschädel! Ihr
schönes, menschliches Gesicht, die prallen Lippen und die großen,

hellgrünen Augen zogen mich in ihren Bann. Sie trug glänzende Broschen, eine prächtige Diamanthalskette und goldene Ohrringe! Auch, wenn ihre Hautfarbe an türkis erinnerte, ihr Hinterkopf länglich verlief und sich ein Echsenschwanz zeigte, so war mir dies vollkommen egal! Die Schöne trug ein hauchdünnes Gewand, das ihre Grazie umso mehr betonte.«

Sie setzte sich auf den rechten Thron und sah uns nachdenklich an. Ein Langschädel trat in die Mitte des Saals: „Verehrter König Natrix, holde Prinzessin *Nadejana!* Diese vier Fremden sind heute in unser Land eingedrungen! Wir erwischten sie an den Ruinen, deshalb glauben wir, dass sie auf der Suche, nach Vector Deliraza waren! Was gestattet ihr zu tun?"

»Nadejana hieß die Schöne also. Ein so außergewöhnlicher Name, einfach wundervoll!«

Da sprang König Natrix auf: „Ihr närrischen Weltraumdiebe! Wisst ihr denn nicht, dass keiner würdig ist, denn Kristall zu berühren?"
„Nicht würdig? Was soll das denn heißen?", fragte Minor empört.
„Einst stieg ein Gott zu uns herab, der uns im Wissen lehrte. Er übergab uns ein Geschenk; den Kristall des Übersinnlichen! Dieser große Stein, so erklärte er, solle nur von einem Wesen berührt werden, das auf der Suche nach der eigenen Seele sei! Einem Wesen, das uns später vor Kriegen und Kämpfen beschützen werde. Jedes andere, würde jämmerlich bei der Berührung des Kristalls, wahnsinnig werden, und sich selbst zerfleischen! ... Wir wissen bis heute nicht, was eine „Seele" sein soll! Der Gott verriet es uns nicht. Den Kristall verehren wir seither aus dem Grund, dass er durch seine übernatürliche Kraft unseren Planeten vor Angriffen schützt! Er ist unser aller Heiligtum!"
»Wie konnten diese durchaus schlauen Geschöpfe, deren Hirnvolumen weit über dem Durchschnitt liegen musste, nicht wissen, was eine Seele ist! Waren sie etwa trotz allem 'Schwachköpfe'?«
Rasch erhob ich mich, um dem Grübeln ein Ende zu bescheren: „Die Seele ist euer tiefstes, inneres 'Ich', ihr verwirrten Narren! Wenn ihr irgendwann tot seid, ist die Seele die, die ewig weiterleben wird! Sie lenkt euch, sie bereichert euch, sie ist die treibende Kraft eures

Inneren! Die Seele ist unsterblich!"

„Woher willst du das wissen, verrückter Räuber!" rief einer der Wächter.

„Ich bin Phil Segler, Kopf meiner Bande und Weltraumfahrer! Zudem bin ich ein Mensch!"

Nachdem ich dies gesagt hatte, vergrößerten sich die Pupillen der Langschädel. Der König fiel zurück auf den Thron, murmelte schweißgebadet: „Ein Mensch ... Kann das denn wirklich wahr sein?"

Er schloss für einen Moment seine Augen, schmunzelte und dachte nach. Überlegte kurz, bis es plötzlich aus ihm herausschoss: „Völlig unmöglich! Ich habe die Menschen gesehen, sie waren wilde, brutale Wesen mit wenig Verstand. Wir besuchten ihre Welt, brachten ihnen Kenntnisse und Wissen, doch schon bald entwickelten sie Hass, uns gegenüber. Es dauerte nicht lange, da sahen sie uns, als Konkurrenz ihrer Herrschaft! So zogen wir, auf nimmer wiedersehen, ab. Aus diesem Grund, verabscheue ich Menschen, bis zum heutigen Tage!"

„Die Menschen, die ihr heimgesucht habt, waren Höhlenmenschen! Dies war erst der Beginn unserer Entwicklung! Nun sind wir voll ausgereift, und bereit Planeten zu bereisen!", teilte ich Natrix mit.

Daraufhin stellte sich Nadejana vor ihn:

„Vater, dies ist unzählige Jahre her, die Menschheit hat sich weiterentwickelt! Außerdem hast du nicht die ganze Wahrheit erwähnt!"

Den König packte die Wut: „Wie kannst du es wagen, Tochter, meine Geheimnisse vor dahergelaufenen Dieben preiszugeben?! Von nun an sind die vier dein Problem! Quäle sie, wie du willst, Hauptsache sie sterben! Diebe bekommen keine Gnade, vergiss das nicht!"

»'Gut gemacht', dachte ich mir über die wunderschöne Prinzessin. Sie hatte den König total aus der Fassung gebracht! Aber ich fragte mich, was daraufhin folgen würde. Vielleicht wollte Nadejana uns für sich allein, um uns sadistischen Qualen zu unterziehen.«

Die Prinzessin beendete die Sitzung und führte uns in ihr Gemach.

„Prinzessin, was haben sie mit uns vor?", fragte der kleine Anzeron, der nach Fluchtecken Ausschau hielt.

Die elegante Schönheit: „Seid unbesorgt, ich habe keine grausamen Absichten. Mich interessiert eher, wieso ihr, mit nur vier Mann versucht habt, unser schwer bewachtes Heiligtum zu stehlen? Seid ihr lebensmüde?"

So gnädig und so bezaubernd, wie sie doch war, gewann Nadejana mein Vertauen. Also erklärte ich: „Holde Schönheit, meine Gefährten und ich versuchen den Planeten Erde vor einer Zerstörung zu bewahren! Ein Krieg steht uns bevor! In eurem Kristall sehe ich ein Mittel, das uns helfen könnte!"

„Erde? Sehr interessant. Phil Segler, wir müssen unter vier Augen reden!"

Nadejana ging mit mir auf einen Balkon, während sich Marc, Anzeron und Minor mit kulinarischen Spezialitäten des Hauses vergnügten. Dreiköpfige Hähnchen auf Tablette serviert!

Vom Balkon aus, hatte man eine beeindruckende Aussicht auf die Paläste und die herrliche Natur.

Plötzlich griff die Prinzessin nach meiner Hand: „Hast du dich gefragt, weshalb ich so menschlich aussehe? Mein Vater hat euch nicht die ganze Wahrheit erzählt, Phil. Als er damals, vor langer Zeit, die Erde besuchte und die primitiven Menschen unterrichtete, verliebte er sich in eine Menschenfrau! So kam schließlich ich zur Welt! Ich bin die Tochter eines Langschädels und einer Erdenfrau! Schon bald erfuhren dies die Höhlenmenschen und waren außer sich! Denn die Menschen und Langschädel hatten sich geschworen, so was niemals zuzulassen … Letztendlich war die Freundschaft der Völker damit gebrochen."

„Unglaublich, Prinzessin! Bitte setzt euch dafür ein, uns zu helfen! Die Erde ist in großer Gefahr! Das verbitterte Volk der Grollorianer will ihn angreifen! Prinzessin, in ihnen fließt doch auch menschliches Blut!"

Da erbarmte sich Nadejana unser, und antwortete: „Ich tue alles, was in meiner Macht steht, um die Erde zu retten! Aber wie wollt ihr die Kraft des Kristalls auf euch lenken? Nur jemand, der nach seiner 'Seele' sucht, kann dies ergattern! Viele unserer Leute sind am Stein kläglich gescheitert."

Da überdachte ich mein Leben, holte tief Luft: „Ich scheine diese Person zu sein! Ja, es liegt fast auf der Hand, meine Teure. Ständig kämpfe ich mit einem inneren Zorn. Ich versuche das Schöne am Leben zu sehen und an andere zu denken, statt nur an mich selbst! Der Zorn darf nicht die Oberhand gewinnen!"

„Auch, wenn mein Vater streng dagegen wäre, so bringe ich euch zu Vector Deliraza! Ihr müsst mir nur stillschweigend folgen!"

Die Schöne pfiff, so herrlich es nur klingen konnte. Und gegenüber des Balkons rüttelten sich die Wälder! Da erhob sich aus den Baumkronen ein übergroßer, flugfähiger Rochen! Das Tier glitt imposant herbei und begrüßte uns mit einem leisen Schnurren.

Marc, Minor und Anzeron sahen dies und kamen zügig hinzu. Sicherlich wollten sie sich auch vor dem ekelhaften Essen drücken, das ihnen serviert wurde.

Marc lachte: „Ein fliegender Fisch? Ja, wo gibt's denn so was?!"

„Steigt schnell auf, Freunde! Er bringt uns zu dem Kristall!" antwortete ich.

Vorsichtig trauten wir uns auf den etwas glitschigen Rücken des Rochens. Anschließend streichelte Nadejana zart über seine Stirn und flüsterte ihm leise 'Vector' ins Ohr.

Da fauchte und knurrte das Tier los! Kaum mehr zu bändigen, sauste es auch schon blitzartig über die Landschaften. In kürzester Zeit überflogen wir die Wälder, Tempeln und Dörfer. Wir konnten uns kaum auf dem Rücken des Tieres halten.

Nadejana streckte ihren Arm aus und deutete auf einen hohen Berg, der vor uns lag. „Dort verborgen in einer Höhle, liegt unser aller Heiligtum!"

Wir kamen immer näher, ich fühlte, wie mein Atmen immer träger wurde. Es bahnten sich auch Kopfschmerzen an, je mehr wir auf diesen Berg zuflogen. Die Energie des Kristalls war uns nicht mehr fern!

Schließlich setzten wir sanft, vor finsteren Toren der Höhle, zur Landung an. Nadejana griff nach einem verzierten, silbernen Schlüssel, und öffnete die Toren. So traten wir ein, in den dunklen Schlund des Berges. Der Rochen jedoch flog wieder zurück in seine Wälder. Vielleicht hielt er es für klüger, sich weiter entfernt aufzuhalten, falls etwas geschehe.

Vorsichtig gingen wir die langen Stufen hinunter, während sich brennende Fackeln, an den Seiten, wie von Geisterhand entfachten! Je mehr wir uns dem Ziel nährten, umso mehr verlor ich an Luft und Kraft! Ich war scheinbar der Einzige, dem es so erging. Meine Augen sahen nur noch verschwommen, mein Kopf drehte sich. Plötzlich, ein grelles Licht vor mir! Strahlen, die mich wie durchbohrten! Mein erschöpfter Körper schwankte wie verrückt! Da hörte ich Marc fragen: „Phil? Verflucht, was ist los?!" Seine Stimme klang so tief, wie die eines Ungeheuers. Es zog mich zu Boden, und ich verlor das Bewusstsein..

Marc trug mich die letzten Meter zu dem grellen Licht, dort wo die Stufen endeten. Meine Gefährten und ich standen nun in einem kreisförmigen Raum, indem sich im Mittelpunkt der hell leuchtende 'Kristall des Übersinnlichen' befand! Minor war so überglücklich, dass er anfing, rumzuhüpfen. Er schrie die anderen an: „Weckt Phil endlich auf! Er soll gefälligst zu sich kommen! So etwas Grandioses darf man nicht versäumen!"

„Minor, raffst du das denn nicht? Die Energie des Steins macht ihm zu schaffen! Phil ist der 'Erlöser'! Nur er allein kann ihn berühren und die Kraft auf sich ziehen!", erklärte Marc aufgewühlt.

Da maulte Minor zurück: „Noch ein Grund mehr, ihn aufzuwecken, du Spinner!"

So fingen meine drei Gefährten und die bildhübsche Prinzessin an, mich kräftig durchzurütteln. Blitzartig überkam mich ein ungewöhnlich brennendes Stechen in der Brust! Ich hörte eine leise, göttliche Stimme: „Bist du der Erlöser? Stehe auf, Mensch! Berühre mich, ich werde dir die übersinnliche Kraft des Universums schenken! … Berühre mich! … Stehe auf, PHIL SEGLER!"

Mein Herz raste wie verrückt, bis ich meine Augen aufriss und endlich zu mir kam! „Ja, ich bin der Erlöser! Schenke mir deine Energie, Vector Deliraza, Gott von Maana!" rief ich dem Kristall entgegen und begab mich zu ihm. Meine Gefährten traten unaufgefordert zur Seite.

„Halt, ihr Narren! Was tut ihr da?!" ertönte eine raue Stimme aus dem Gang. Unmengen von Schritten stürmten die Stufen hinunter, mit dem Ziel, mich vom Handeln abzuhalten. Es waren König Natrix und seine Leibeigenen. „Zu spät, König der Dickschädel! Phil ist der Erlöser, seht es ein! Der Kristall ruft nach ihm!", kreischte Anzeron als geballte Antwort zurück.

Währenddessen verschwand ich völlig in einer Art Ekstase! Gleich darauf, klatschte ich meine Hand auf das strahlende Heiligtum! Der Kristall begann zu donnern und zu blitzen! Der gesamte Raum wurde so unermesslich hell, dass man glaubte, blind geworden zu sein! Schlagartig brachen gespenstische Wesen aus dem Stein, schrien, lachten und hetzten wild geworden durch den Raum! Natrix und seinen Leuten blieb der Atem weg.

Auf einmal wechselten die Gespenster ihre Position und steuerten auf mich zu. Sie drangen in meine Seele und verschmolzen mit ihr! Anschließend verspürte ich, eine ungeheure Energie! Eine überdimensionale Kraft, die mein Gewissen stärkte und meinen Körper härtete! Mein bisheriges Leben lief förmlich an meinen Augen vorbei. So, wie auch meine frühe Kindheit, die ich fast vergessen hatte:

»Behutsam wuchs ich bei meiner lieben Großmutter auf, da meine Eltern früh starben. Der letzte Wunsch meines Vaters, war gewesen, ich solle in seine Fußstapfen treten und Anführer der Organisation der 'Aufklärer' werden. Ein Wunsch, der in Erfüllung ging. Doch um ein trotziger Anführer sein zu können, verbarg ich mit der Zeit meine ganzen Gefühle. Ich schloss sie immer mehr, hinter dicken Wänden ab ... Ich musste emotionslos sein, um hart zu bleiben! Dies zerfraß damals allmählich meine Seele.«

Daraufhin hörte ich noch ein allerletzten Mal, die Stimme des Kristalls sprechen: „Ich danke dir, Phil Segler! Mit dir hat die Kraft des Übersinnlichen ihren Meister gefunden! Jetzt geh und rette deine Welt! Gehe in Frieden!"

Schließlich zerbrach der Kristall in viele kleine Splitter, die unerwartet abhoben und aus der Höhle in die Weiten des Weltalls aufbrachen ...

Entschlossen mit neuer Willenskraft trat ich vor den verwirrten König: „Da haben sie denn Beweis! Ich komme in Frieden. Lasst mich und meine getreuen Freunde weiterziehen."

„Du bist zweifelsohne der Erlöser, Sir Phil. Doch bevor ich euch in den Kosmos passieren lasse, benötigt ihr vorerst eine vernünftige Ausrüstung!"

Wieder im Palast angekommen, präsentierte man uns verschiedene wundersame Rüstungen.

Natrix betonte amüsant: „Wir werden euch in Rüstungen pressen, die die Farben eures Charakters tragen werden!"

Er klatschte in die Hände und ließ Leute zukommen, die uns diese, wie bestellt, vorlegten.

Nadejana amüsierte sich köstlichst dabei, uns beim Anprobieren der Sachen zu beobachten.

Ich, als Kopf meiner Bande, wurde mit einer massiven Plattenrüstung versehen. Die körpergerecht geformten Metallplatten saßen wie angegossen, glänzten dazu in einem reizvollen Violett.

„Violett ist die Farbe der Entschlusskraft! Trifft also genau auf dich zu, junger Anführer!" meinte der König.

Zufrieden warf ich einen Blick zu meinen Gefährten, die ebenfalls mit ihren Anzügen beschäftigt waren. Der kleinwüchsige Anatone Anzeron schlüpfte in eine orange-schimmernde Rüstung, die auf den Schultern, jeweils eine Raketenkanone befestigt trug! Das Orange repräsentierte Anzerons Lebhaftigkeit und Ausgelassenheit. Der Anatone schien damit ausgesprochen zufrieden zu sein. Unterdessen wurde der Riese Marc in einen grünen Harnisch gezerrt, zu dem er eine passende Aussage parat hielt: „Ist mir egal, welche Farbe, Hauptsache ich hab's hinter mir!"

„Nun, das Grün spricht für Beharrlichkeit und große Ausdauerkraft. So gehört es sich für einen Mann deiner Statur!"

Minor dagegen achtete sehr auf ein fein gemachtes Aussehen.

„Werde bloß nicht zu wählerisch, alter Zausel!" rief ich ihm warnend zu.

Da quetschte er sich in eine schlanke, gut sitzende rote Rüstung, und entgegnete: „Phil, sei unbesorgt! Ich habe einen Riecher für feine Anzüge, dieses passt hervorragend! Rot war ja schon immer mein Stil." „Diese Farbe steht für Aktivität sowie auch Temperament." erklärte Nadejana darauffolgend.

Als wir dann fertig gerüstet waren, sprang Natrix auf seinen Thron, ließ uns anfeuern und jubelte: „Ihr vier starken Ritter der Galaxie, steigt hinauf in die unendlichen Weiten, setzt dem dunklen Treiben ein Ende!" Aufgereiht verbeugten wir uns und dankten dem König. Er erwähnte: „Seid auf der Hut, Sir Phil. Das Böse kann massive Auswirkungen haben!" „Keine Angst, wir sind genügend motiviert um es zu packen! Eine Frage noch, König Natrix, woher kanntet ihr

all unsere Charaktereigenschaften?'"
Grinsend erwiderte er: „Mein Junge, wir werden nicht umsonst 'Langschädel' genannt."
Zwar war ich erfreut, mit geladener Kraft, weiterziehen zu können, jedoch konnte ich mich nicht von Nadejana trennen. „Holde Prinzessin, ihr habt uns so geholfen. Schwer fällt es mir, euch zu verlassen", verriet ich ihr. Darauf die Schöne: „Glaubt auch keinesfalls, ihr könntet ohne mich abreisen! Ich komme mit!"
Geschockt traten die Langschädel zurück, der König schweiß-gebadet, meine Freunde- sprachlos. Überrascht und erfreut zugleich, fragte ich: „Aber wieso wollt ihr mit zur Erde, in einen verbitterten Krieg? Was ist mit eurem Volk hier auf Maana, meine Prinzessin?"
Jeder Blick im Palastsaal war allein auf sie gerichtet. Natrix, ihrem Vater, schien es am meisten zu quälen, die Entscheidung der Tochter zu begreifen.
Die schöne Nadejana kniete sich vor ihm nieder, um zu erläutern: „Schon als ich geboren wurde, fragte man sich, wer ich sein sollte. Sei ich nun Mensch oder eher Langschädel? Genau seit dieser Zeit lästert man auf Maana über mein halbmenschliches Aussehen! Ich fühlte mich fremd, bis ich Phil Segler traf, der mir weiß machte, dass ich gerade deshalb meiner menschlichen Mutter, verpflichtet bin, der Erde beizustehen! Deswegen werde ich mit den Männern in die Schlacht ziehen! Mach dir keine Sorgen Vater, außerdem hast du das Volk bestens im Griff."
Natrix kam leicht ins Grübeln. Seine langen Fingernägel kauend, erwiderte er: „Tochter, die vier Männer ziehen in einen Krieg, was wenn dir etwas zustößt? Ich bange stark um dein Leben, mein Kleines."
Nadejana spürte die Traurigkeit ihres Vaters und ließ für ihn ein paar Tränen. Sie schloss ihn liebevoll in ihre Arme, presste ihn an die Brust, und flüsterte: „Ich werde zurückkehren, lieber Papa, denn vergiss nicht, der Erlöser steht felsenfest auf meiner Seite."
Der Vater: „Du hast recht, mein Liebes! Geh mit ihm, zeige mir, dass ich mich in den Menschen geirrt habe! Ich und das Volk werden auf dich warten."
Er wendete sich mir, mit einem vertrauenswürdigen Blick zu, als würde er sagen wollen, „Pass gut auf sie auf". Verständnisvoll nickte ich und begrüßte die Prinzessin als neues Mitglied unserer Truppe.

Plötzlich begab sich Nadejana in ihr Gemach und kam zügig, mit zwei sogenannten Armbandkanonen, wieder zurück! „Ich kann wohl unmöglich unbewaffnet ins Gefecht ziehen, oder?" Sogar eine königliche Rüstung ließ sich finden, die sie sich, mit großem Vergnügen, überzog. Eine glanzvolle, himmelblaue Rüstung mit einem dünnen Mantel, der herrlich in meinen Augen schimmerte. Durchsetzungskraft und Ehrgeiz besaß die Schöne alle Male, ohne auch nur einen Zweifel!

Natrix wusch sich den letzten Schweißtropfen von der Stirn und befahl seinen Leibeigenen, uns sicher zu unseren beiden Raumschiffen zu führen.

Schon kurz nach Verlassen des Palastes, hetzten die Bewohner aus den Häusern und fielen uns zu Ehren, auf ihre Knien.

»Welch eine wunderliche Wendung! Wir kamen als Diebe und verließen Maana als gefeierte Helden! Die Bewohner waren überglücklich, in mir den sogenannten Erlöser gefunden zu haben. Komischerweise schien sich dieser Glaube an einen Helden, der nach sich selbst und dem Frieden sucht, mit dem Orakel der Elfen zu kreuzen! Ein Zufall? Nein, wie hätte ich denn sonst beispielsweise den Kristall berühren können! Ich war mir absolut sicher, der Kämpfer zu sein, auf den das Universum lange gewartet hatte!«

Nach einer Weile stolzierten wir wieder an den alten Ruinen vorbei. Ich fand es traurig, da so eine abenteuerliche Geschichte langsam in Vergessenheit geriet. Da drehte ich mich zu einem Langschädel und fragte: „Wieso lässt ihr euer Erbe so verkommen? Diese Ruinen tragen uralte Zeichnungen, die die Geschichte eurer Welt erzählen!"

„Recht habt ihr, Erlöser. Wenn ihr siegreich aus dem Kriege zurückkehrt, werden wir sie neu errichten und euch zu Ehren, eine überwältigende Statue erbauen! Wir versprechen es, hoch und heilig! Unsere alte Geschichte ist jetzt weniger wichtig, als die neue, die ihr uns beschert."

Nach Überqueren der prächtigen Landschaft, standen wir endlich vor unseren Schiffen. „Das nenn ich 'wahre Kriegsschiffe'! Welch gigantische Ausmaße! Lasst uns losfliegen, mein letzter Flug ist so lang her, dass ich mich kaum erinnern kann."

Ich bejahte, und wir verabschiedeten uns mit Herzlichkeit bei den Langschädeln.

„Also schön, worauf warten wir noch? Rein in die Maschinen!"
kreischte ich energisch, griff nach Nadejanas Hand und rannten
los.
„Halt, Phil! Bleib stehen!" erwiderte jemand hinter mir.
Es war Anzeron, dem irgendetwas schwer zu fallen schien. Er nährte
sich, packte auf meine Schulter und sah mich bitterernst an.
Ich fragte: „Was ist los, guter Freund? Willst du nicht abreisen?"
„Das ist es nicht, mich quält der Gedanke an mein eigenes Volk.
Diese verdammte Ungewissheit plagt mich, verstehst du? Vielleicht
haben die Grollorianer, nach der Schlacht damals auf Grollor, meine
Anatonen in die Enge getrieben und sie zu Sklaven gemacht! Tut
mir leid, aber ich muss in meine Welt zurückkehren."
„Das ist doch hirnrissig! Die dort verweilten Grollorianer werden
dich pulverisieren, du Irrer! Allein hast du null Chancen!" betonte
Marc.
Anzeron antwortete sofort: „Mit meinem Willen, dem Stolz und
dieser unglaublichen Rüstung kann mir nichts zustoßen. Wenn ich
die Lage auf Grolloria gecheckt habe, folge ich euch umgehend zur
Erde. Dafür müsstet ihr mir nur die Karte, die euren Weg weist,
kopieren."
»Auch wenn mir der Abschied schwer fiel, so wusste ich genau,
wie das Herz eines wahren Hauptmannes schlug. Und ein solch
offenherziger Anführer, wie Anzeron, konnte die Gedanken niemals
von seinem Volke abwenden. Ich war verpflichtet, ihm zu helfen. In
der langen Zeit, hatte er mir bewiesen, dass ich mich auf ihn verlassen
konnte. Nun verlässt er sich auf mich und bittet um Hilfe.«
Schließlich ließ ich Minor zum Schiff laufen, um die Karte zu
kopieren. Anschließend überreichte ich sie Anzeron und schüttelte
würdevoll seine Hand, nachdem er sich verabschiedete.
„Viel Glück, guter Freund! Nimm das Zerstörerschiff, es bietet
extreme Sicherheit! Mach dir keine Sorgen um uns, durch die Kraft
des Kristalls sind wir bereits bestens geschützt, denke ich", fügte ich
lächelnd hinzu.
Anzeron sprang in das Zerstörerschiff und entwischte donner-
grollend im All.

Schließlich holten wir nochmals tief Luft, wonach wir entschlossen
ins finstere Ungewisse aufbrachen! Hinter uns verschwand Maana

langsam hinter dem mysteriösen Nebel, der die geheimnisvolle Welt, wie einen wertvollen Schatz, versteckt hielt. Staunend schenkten wir ihr unsere volle Begeisterung.

»Man hätte sich fragen können, woher der Nebel stamme? Möglicherweise von Gott oder aber von zusammengetroffenen Gasen geschaffen. Zu viele Spekulationen und Grübeleien! Da lässt man sich lieber, mit einer großen Bewunderung, dahingleiten. Im Universum existieren Unmengen von Dingen, die man sich als Mensch unmöglich erklären konnte. Viel lieber versinkt man dabei in den unendlichen Weiten, der menschlichen Fantasie! Vor Beginn meiner Reise, hätte ich auf Bewunderung dieser wundervollen Welten, dem Universum, gespuckt! Doch das war damals! Nun nehme ich die Schönheit und das Leben intensiver wahr, als je zuvor. Personen, die mir bewiesen, dass sie alles für mich tun würden, sagten mir, ich solle Rücksicht nehmen und mein Innerstes nicht vor ihnen verbergen! „«

Damit verließen wir die geheimnisvolle Heiland-Galaxie …

Wir flogen voran, immer der legendären Erde entgegen. Marc übte unterdessen einige Kampftricks, Minor saß meditierend im Schneidersitz, ich am Steuerknüppel, während Nadejana für mich die Karte ablas.

Nach einer Weile nährten wir uns meinem Heimatplaneten Zeusolar! Zwar hatte ich ein klares Ziel vor Augen, wollte jedoch erfahren, was aus meiner Organisation geworden war. Mit dem Satz: „Wir brauchen Verstärkung!" lenkte ich das Schiff auf einen Landeplatz der Makropole, in der Nähe meines ehemaligen 'Unternehmens'. Ein Glück stand das kolossale Gebäude noch!

Wir schlugen die Tore auf und marschierten dreist hinein. Meine alten Kollegen hetzten wie üblich durch die Büros, als wäre nichts gewesen. Allerdings schöpften unsere außergewöhnlichen Rüstungen Eindruck. Verblüfft flitzte ein stattlicher, weißhaariger Mann zu uns die Treppen hinunter.

„Sir Phil Segler, sie leben? Ich glaub, ich träume! Wir hatten die Hoffnung schon längst aufgegeben und plötzlich stehen sie hier vor mir! Und nicht allein, wie's ausschaut. Nachdem unser Team erfuhr, sie seien auf Grolloria in einen Kampf verwickelt worden, sendeten wir Verstärkung, allerdings ohne Erfolg. Die Grollorianer waren aufgewühlt und sind jetzt noch aggressiver, als eh und je! Wir planen, eine Armee dorthin zu schicken, um ihren Gewaltbedarf zu mildern, sie verstehen."

Daraufhin kamen die anderen Kollegen, um mich in die Arme zu schließen. Jedoch hielt sich die Freude in Grenzen. Da ich jedes Gesicht der Organisation der Aufklärer kannte, schien der weiß-haarige Typ neu zu sein.

„Und wer zum Kuckuck sind sie?", fragte ich ihn genervt.

Der Typ: „Oh, Verzeihung Sir! Mein Name ist Jovan Voland. Sie waren lang verschollen, also hat man mich zum neuen Anführer ernannt. Es tut mir aufrichtig leid, Sir Segler. Sie haben stets nur das Beste für die Aufklärer getan, aber es ist vorbei", erklärte er hochnäsig.

Meine Hände zitterten vor Wut, ich wollte den Schnösel am Halse packen. Marc hielt mich zurück, und meinte: „Lass es Phil. Im Krieg würde er die Hosen doch sowieso voll haben. Auf die Hilfe dieser Verräter können wir verzichten!"

Da spitzten sich Volands Ohren: „Was denn für ein Krieg? Habt ihr euch fatal in Ärger geritten?" „Es geht um die Erde, du Narr! Die scheußlichen Grollorianer sind auf besten Wegen den Planeten anzugreifen!"

Die Augen des weißhaarigen Schnösels vergrößerten sich, nach-dem wir unsere Mission preisgegeben hatten. Er war überrascht und zugleich irritiert über diese Antwort. Schnell sammelte er sich wieder, kämmte seine Haare fein nach Hinten, und erwiderte: „Verehrte Freunde, ich muss euch enttäuschen. Die Erde ist bloß eine dämliche Legende! Alles uralte Märchen von elenden Scharlatanen. Entschuldigt, falls ich eure Fantasien zerstört habe."

„Das ist kein Märchen, mein minderbemittelter Kollege. Euer Mangel an Glauben überrascht mich jedoch gar nicht. Ich war selbst mal, solch ein eiskaltes Wesen ohne Seele. Hört zu, Voland! Es ist keine Legende, ich besitze eine Karte mit den Koordinaten! Seht doch, wie wir gerüstet sind! Das ist kein Spaß, das ist die wahrhaftige Realität!"

Mit Neugier bestaunte er starr blickend die Karte. Anschließend wendete er sich zügig zu seinen Leuten und befahl: „Bewaffnet euch! Wir retten den blauen Planeten!"

Obwohl er uns gegenüber ziemlich misstrauisch war, schenkte er uns Glauben und bereitete seine Armee auf das Schlimmste vor. „Ich tue doch alles für einen ehemaligen Genossen!" verriet er uns lässig.

Mit bestens ausgestatteten Laserwaffen und Panzerrüstungen starteten wir gemeinsam in Richtung Erde. Ich schenkte Zeusolar nochmals meine Aufmerksamkeit, bevor wir die Motoren in Gang setzten. Meine Heimat unterschied sich sehr von dem Mythenreich oder Maana. Zeusolar hatte ihren Glanz, die frische Natur, einfach alles Prächtige verloren. Die Makropole war bloß noch ein jammervolles Wrack. Ein graues Elend, schwebend im All. Diese Welt war mit ihrem technischen Fortschritt dramatisch vom wahren Leben abgewichen! Das Bild der reinen Natur wurde grausam übermalt. Traurig dieser Wandel..

Die Armee von Jovan Voland folgte unserem Schiff mit zwanzig bemannten Raumfähren. Nadejana fragte, ob ich der Organisation tatsächlich vertraute. Meine Antwort war: „Wenn die Männer sehen, was dort abläuft, werden sie uns niemals im Stich lassen. Immerhin verkaufte ich den Aufklärern einst meine Seele. Sie sind mutige Kämpfer, genau wie ich!"

Da erwiderte Marc empörend: „Ach, ist das so? Was ist mit Voland, diesem schleimigen Trottel? Mit dem zieh ich zumindest nicht am selben Strang!"

„Was bleibt uns denn übrig? Er ist der neue Anführer der Armee!"

„Jedenfalls, werde ich ihn ausschalten, falls er seine Meinung ändert. Verlass dich drauf!"

Vorbei an unzähligen Sternen, zauberhaften Planeten und silbernen Monden, gelangten wir an den atemberaubenden Ort, der lange in Vergessenheit geraten war. An den menschlichen Ursprung, der mit der Zeit zu einer berühmten Legende wurde. Die Karte der Vertilger hatte uns nicht im Stich gelassen!

Wie ein wunderbarer Traum zeigte sie sich in den Farben des Lebens! Die unbeschreiblichen Strahlen, dieses blauen Planeten, erleuchteten den gesamten Kosmos. Fast so, als umgäbe ein göttlicher Schleier, diese verloren geglaubte Welt.

Eine nachdenkliche Stille überfiel rasch all die Insassen unserer Raumschiffe. Die Herrlichkeit der Erde ließ uns so starr werden, dass wir uns kaum fortbewegen konnten. Plötzlich meldete sich jemand am Phone, ich nahm den Hörer ab. Es war Voland, der durch Überwindung bestätigte: „Kein Zweifel, Segler. Dieser Planet, ist unsere Erde. Docken wir an!"

In der Zwischenzeit landete Anzeron auf seinem Heimatplaneten. Doch schnell musste er feststellen, dass Grolloria sich ins Abscheulichste gewandelt hatte. Dort, wo einst das frische, lebendige Land der Anatonen lag, fand sich bloß noch Schutt und Asche. Die grünen Weiden waren zu grauen Sträuchern mutiert, die prächtigen Bäume zu kahlem Gestrüpp. Die blauen Seen, nur noch schwarze Tümpel! Anzeron ahnte, was mit seinem Stamm geschehen war. Blitzartig hetzte er besorgt zur Siedlung. Doch was er da vorfand, waren nur den Augen eines stählernen Kriegers erträglich. Die Anatonen lagen rührungslos, auf dem kiesigen Boden des Landes, verstreut. Ihre erloschenen Blicke ragten zu den Sternen. Leblos, lagen sie da ...
Männer, Frauen wie auch Kinder, alle waren tot.
Der grauenvollste Albtraum eines Anatonen hatte sich offenbart; die Grollorianer hatten das kleine Volk, die zivilisierte Minderheit, vollkommen ausgelöscht. Anzeron wurde damit zum Letzten seiner Art.
Ein gewaltiger Zorn überfiel den stolzen Hauptmann. Gemischte Gefühle, aus tiefer Trauer und grenzenloser Blutrache, holten ihn ein!
Ein ihn erwürgender Zorn, befahl ihm, sich an den Mördern zu rechen. Und zwar ohne Gnade!
So griff er nach dem Lasersäbel eines Gefallenen, aktivierte die Kanonen seiner Rüstung und marschierte geradewegs in den Hauptsitz der Grollorianer! Von Rache beherrscht, sah er in die gierigen Gesichter der Feinde. Bevor diese nach Waffen greifen konnten, eröffnete Anzeron schlagartig das Feuer! Nie zuvor, verspürte der Anatone solch einen Hass in sich. Kein Einziger, hatte die geringste Chance, gegen den Rachedurst des kleinwüchsigen, entenartigen Anatonen.
Ein schwerverletzter Grollorianer, keuchte mit letzter Kraft: „Das hat dein Volk auch nicht gerettet, anatonischer Bastard!"
Anzeron kniete sich zu ihm nieder, und antwortete: „Solange ich lebe, lebt mein Volk! Solange ich für das Gute im Universum

kämpfe, wird das Böse in der Minderheit bleiben! Niemals, werdet ihr uns schlagen!"

Daraufhin verlor der Grollorianer an Luft und starb.

Erschöpft begab sich, der unbeugsame Anatone, zu einem grauen Felsen. Es war der Grenzstein, der einst die sich bekämpfenden Völker, voneinander trennte. Die Innschrift 'Überschreitung der Grenze auf eigene Gefahr!', war noch deutlich lesbar. Der stolze Krieger hockte sich auf ihn, senkte seinen Kopf und faltete die Hände. Tief ein- und ausatmend, verschwand er in schmerzlichen, qualvollen Gedanken.

Um ihn herum, eine pechschwarze Welt, die keineswegs mehr seine Heimat sein konnte.

Anzeron glaubte, dass sich sein Planet niemals mehr erholen würde. Doch plötzlich bemerkte er etwas fein schimmerndes, zwischen dem ganzen Elend.

Eine schöne rote Blume, blühte in heller Pracht! Um sie herum, ein Ameisenhaufen! Sorgfältig errichtet, aus piekfein aufgesammelten Blättern, inmitten der zerstörten Welt. Dies gab Anzeron ein Stückchen Hoffnung. »Das Leben findet immer einen Weg, auch wenn manchmal alles tot zu sein scheint.«

Stürmisch brauste er zurück zum Raumschiff, ließ das Graue hinter sich. Kurz vor dem Einstieg, rief er seiner Welt zu:

„Du wirst auferstehen! Jetzt brauchen mich meine Freunde!"

Währenddessen drangen wir energisch in die Erdatmosphäre ein.

Die Harmonie des blauen Planeten wurde, durch aufsteigende Atompilze und Explosionen, gestört! Die Grollorianer hatten mit dem Krieg bereits begonnen! Der blutige Konflikt, zwischen Mensch und Außerirdisch, nahm seinen Lauf.

Immer schneller jagte ich das Schiff ins Land hinunter. Die pulsierende Kraft in mir, lenkte meinen Willen.

Gemeinsam landeten wir, wie eine Schar Riesenvögel, nahe eines verborgenen Lagers. Blitzartig wurden wir von seltsamen Soldaten umzingelt! Von Kopf bis Fuß waren die Männer in ungewöhnlichen Anzügen verhüllt. Sogar ihre Waffen kamen mir fremd vor.

Einer der Soldaten sprach: „Seid ihr auch Außerirdische? Gehört ihr zu dieser mutierten Rattenplage? Ich sage euch, wenn das so ist, seid ihr tot!"

„Mein Name ist Sir Phil Segler. Diese Nagetiere sind auch unsere Feinde! Meine Leute und ich sind hier, um euch zu helfen!"

Von oben bis unten betrachtend, betonte der Mann: „Also schön, ich glaube euch. Wie Ratten seht ihr ja nicht gerade aus. Doch, dass ihr vom anderen Stern seid, kann man wohl nicht bestreiten. Folgt mir ins Lager!"

Auf der Brust des Soldaten war der Name 'Kommandant Kampfherz', aufgeschrieben. Solch einen harten Namen wünschte sich wahrscheinlich jeder junge Krieger. Auf dem breiten Kreuz des Mannes, hätte man gar Tonnen Ziegel stapeln können!

Das Team hatte sich ein großes, geeignetes Versteck, tief im Wald ausgesucht. Bei der Ankunft, nahmen die Soldaten ihre schweren Helme ab.

„Menschen! Ich wusste es doch!" rief ich voller Freude. „Jawohl, ganz recht! So, wie die meisten von euch ebenfalls", antwortete der Kommandant. Obwohl sein Körper kräftig war, schaute sein Gesicht recht müde und überfordert. Dicke Schweißtropfen sickerten seine langen, roten Haaren hinunter.

Er zuckte eine Karte hervor, auf der unzählige Gebiete rot markiert waren. „Dies sind Plätze, die von diesen Rattenmutanten überfallen wurden! Mit ihren verfluchten Knarren sind, die uns haushoch überlegen! Viele meiner Kompanie sind bereits gefallen. Meint ihr, ihr könnt uns wirklich dabei helfen?"

„Hey, ich bin nicht umsonst durch das Universum gereist! Mit vereinten Kräften werden wir siegen!"

„Also schön, Sir Phil. Ich schlage vor, sie suchen sich umgehend ihre besten Leute heraus. Wir marschieren nämlich in ein feindliches Lager ein!"

Aber kaum hatte ich geantwortet, unterbrach mich hastig mein Rivale, Voland:

„Hervorragend, Kommandant! Ein Überraschungsangriff! Selbstverständlich können sie sich auch auf meine Wenigkeit verlassen!"

Marc regte sich ziemlich über den Schnösel auf, und meinte:

„Was für ein erbärmlicher Schleimscheißer, dieser Jovan! In der gefährlichen Schlacht wird er uns in den Rücken fallen, darauf könnt ihr euch verlassen!"

Nadejana blieb ruhig und gelassen, hoffte auf ein Verschwinden des nervigen Mannes. Minor versuchte ebenfalls Ruhe zu bewahren. Wahrscheinlich bereitete er sich innerlich auf die Schlacht vor.
Mit einigen Soldaten unserer vereinten Truppen brachen wir auf, in Richtung des gefahrenreichen Lagers.

»Je näher, wir dem Feind kamen, umso stiller wurde es um uns herum! Dornige Büsche, giftige Kriechtiere und gefährliche Sümpfe, kreuzten unseren Weg. Die gewaltigen Bäume schienen sich zu biegen, um Sonnenstrahlen zu ersticken. Es wurde dichter im Walde, rasch brach auch schon die Finsternis herein. Alles Leben hielt plötzlich den Atem an.
Der Tod wanderte wohl auf diesen Wegen!«
Der Kommandant deutete auf dichte Spuren, um die herum, kein Gras mehr wuchs. „Kommen ihnen diese Abdrücke nicht bekannt vor, Sir Segler?"
„Keine Frage, Kampfherz! Die stammen von den Grollorianern, den *Rattenmutanten!*"
Die vielen Spuren endeten an einer Mauer aus dornigen Ranken.
Immer leiser wurden unsere Schritte, vorsichtig pirschten wir uns ans Gefährliche heran. Die Sinne geschärft, die Emotionen verborgen.
Noch bevor, ich mich an die Mauer wagen konnte, entkamen schwarze Vögel aus dem Gestrüpp! Voland zuckte nervös und hielt einen Moment lang inne. „Was sind das für abscheuliche Kreaturen?"
‚Krähen', nannte man die finsteren Geschöpfe der Nacht. Ich spürte deutlich die Energie des Bösen, die sie umgab!
„Man sagt, sie seien Überbringer des Unheils, ein höchst schlechtes Omen, würde ich sagen", verriet uns Minor, der solche Kenntnisse aus seiner Zeit als Welten-Vertilger erlangt haben musste.
Diese missgestimmten Scharen sausten aufgebracht umher, krächzten, zerrten mit ihren scharfen Krallen an unseren Leibern!
Unkontrollierbar wendeten sich meine Augen zu den Vögeln und wurden starr, ja fast eiskalt! Gleich darauf verstummte das nervtötende Krächzen, und sie entfleuchten zügig in die Ferne. Folglich bekam ich meinen starren Blick wieder in den Griff, musste mich

allerdings einwenig sammeln.
Diese außergewöhnliche Aktion hatte mich ziemlich mitgenommen!

„Phil, was zum Teufel war das?! Deine Augen färbten sich kristallblau, deine Adern liefen so dick an, dass ich glaubte, sie würden explodieren!" klagte Voland zähneklappernd und schweißgebadet.
„Ich verspürte wieder so einen starken Energieschub, der aus mir herauszuschießen versuchte! Die Krähen verwandelten sich in meinen Augen, zu düstren Dämonen, die wohl durch die Helle meiner Augen verjagt wurden! Ich konnte mich währenddessen kaum rühren, war wie gefesselt, bis die Scharen dann endlich das Weite suchten."

Minor lehnte sich an mein Ohr: „*Vector Deliraza*, mein Freund! Dies sind die Auswirkungen des Kristalls, der dir mächtige Energie verliehen hat!"
Die Soldaten, wie auch der Kommandant, schauten nur völlig verdutzt. Kampfherz hielt seine Hand bereits an der Kanone. Sicher hätte er hemmungslos abgedrückt, wenn es heftiger geworden wäre.

Marc versuchte das Geschehen mit einer kleinen Lüge zu übermalen: „Es ist alles in Ordnung! Phil hat nur manchmal diese Anfälle, kein Grund sich Gedanken zu machen."

„Hoffe, die werden uns nicht irgendwann zum Verhängnis, ihr komischen Außerirdischen!", betonte der Kommandant leicht mürrisch.

Nach diesem kurzen Schockerlebnis, wendeten wir uns wieder der Ranken-Mauer zu. Plötzlich erinnerte sich Marc an seinen kleinen Laserstrahler, mit dem er Anzeron und mir einst aus dem Kerker von Grollor half.
„Seht zu und lernt!" bemerkte er grinsend, stellte das winzige Gerät auf volle Kraft und schnitt einen Durchgang durch die wuchernde Mauer!
Blitzartig stürmten wir in das dreckige, feindliche Lager, schlugen

und schossen alles kaputt, was uns in die Quere kam! Die ahnungslosen Grollorianer versuchten zu fliehen oder sich hinter ihren Raumgleitern zu verstecken. Mit solch einem Überraschungsangriff hatten sie nicht gerechnet! Unerwartet sprang mir einer dieser Mutanten auf den Rücken! Mühsam versuchte ich ihn zu packen und runterzuwerfen, doch er bewegte sich ausgesprochen wendig und bohrte mir seine Krallen ins Kreuz!
„Du bist doch dieser Menschling Phil Segler, stimmt's? Was für eine Ehre, dich in Stücke reißen zu dürfen!" meinte die Kreatur.

„Ja, Gesindel, der bin ich! Doch bevor du mich in Stücke reißen darfst, werde ich eure Pläne durchkreuzen!"

„Ich hab da eine hübsche Nachricht für dich", erwiderte der Widerling in einem dreckigen Gelächter. „Nie haben wir es dir und deinem verfluchten Jähzorn verziehen, dass du Häuptling Rodent erschossen und dich nun auf Anzerons und Marcs Seite schlägst! Du wirst für all das bezahlen, mieser Verbrecher!"

„Was meinst du damit, was für eine Nachricht?" fragte ich neugierig.

Der Widerling grinste, zog mir langsam mit seiner scharfen Kralle eine Narbe durchs Gesicht, und verriet: „Junger Narr, wir wählten einen neuen Häuptling! Sein Name ist *Kyunguskan,* er ist ein unbesiegbarer Moloch!"

Gleich darauf erkannte Marc meine missliche Lage, kam auf den Grollorianer zugestürmt, packte ihn am Halse und brach ihm, mit einem gekonnten Griff, das Genick! „Was zur Hölle hat er dir gesagt?", fragte der riesige Gefährte.
„Er sprach von irgendeinem Moloch, der sich Kyunguskan nennt."
„Hmm, da tapp ich im Dunkeln, Phil! Allein dieser Name ist schon merkwürdig. Wahrscheinlich ist dieser Moloch ein gekaufter Sklave aus einer weiten Galaxie. Ein aufgesammelter Streuner vielleicht, den die Rattenmutanten aufgepeppt haben."

»Marc schien sich über den mysteriösen Neuling lustig zu machen.

Ich dagegen glaubte, bald auf einen ernst zu nehmenden Gegner zu stoßen!«

Wir säuberten das Lager bis auf den letzten stinkenden Krieger der Grollorianer. Aus diesem Kampf kamen wir glücklicherweise unversehrt davon, doch welche Abenteuer würden uns noch in diesem Krieg erwarten, welche Gefahren sich noch in unsere Wege stellen? Unser geplanter Überraschungsangriff war feige gewesen, weshalb die pelzigen Gegner auch schnell den Kürzeren gezogen hatten ...
Leicht erschöpft legten unsere Truppen eine kleine Rast ein. Nadejana hockte sich neben mich und reinigte liebevoll meine Wunden.
»Ach, wie gern hätte ich sie in den Arm genommen, ihr gesagt, wie ich sie bewundere und ihr dann einen Kuss gegeben. Leider war da eine Art Barriere, die scheinbar zwischen uns stand! Womöglich war es die unterschiedliche Kultur, die Herkunft, wie auch die Welten, die uns auseinander hielten. Doch konnte all das, die Liebe zweier Wesen, aufhalten? Irgendetwas in mir, zwängte mich in ihre Nähe!«

„Phil, bitte sag nichts mehr! Ich habe nicht umsonst, ein so großes Hirn, antwortete sie mir plötzlich. „Meine Gefühle sind wie deine! In deiner Nähe fühle ich mich wohl und geborgen, liebster Phil!"
„Meine Liebe, hast du etwa meine Gedanken gelesen?"

„Ich habe es gespürt, schon eine ganze Weile. Aber erst jetzt, erkenne ich es deutlich an deinen funkelnden Augen."

Vorsichtig kamen wir einander immer näher und näher. Schließlich fiel sie mir in die Arme und küsste mich leidenschaftlich! Endlich durchbrachen wir diese breite Mauer, die uns des Längeren auseinander hielt, und waren vereint!

Scherzhaft klatschte Kommandant Kampfherz, gemeinsam mit seinen Leuten bei dem Anblick, in die Hände. „Na, da haben sich Zwei gefunden, wie's scheint!"
Minor und Marc sahen uns dabei bloß schmunzelnd an, während Voland unsere Liebe als völlig abwertend empfand. „Wie kann sich

ein Mensch in so eine furchterregende Kreatur vergucken, klagte er. „Kann mir das jemand verraten?!"

Doch bevor ihm jemand eine gehörige Antwort geben konnte, überraschte uns ein starkes Erdbeben! Die Bäume schwankten und jegliche Tierarten, wie Rehe, Hirsche, Wölfe und sogar Bären, entkamen aus all ihren Verstecken, flüchteten, ohne uns nur die geringste Beachtung zu schenken! „Was hat das zu bedeuten, Kampfherz? Antworten sie gefälligst, woher kommen die verfluchten Beben?!", brüllte ihm Marc unruhig entgegen.

„Das war keine gewöhnliche Eruption! Da ist etwas gelandet …, etwas Gigantisches!"

Kampfherz versuchte kurzweilig Ruhe zu bewahren, seine Mimik jedoch verriet, dass wir in Gefahr schwebten! Seine Augen zeigten große Furcht, der Angstschweiß floss ihm über die Stirn. Nichtsdestotrotz war er ein stolzer Soldat und ein knallharter, ehrgeiziger Kommandant! Schnell unterdrückte er seine Angst und Furcht durch starke, innere Härte! „Wenn ihr leben wollt, dann zuckt eure Waffen und folgt mir!"

Alle taten was er befahl, wieder griff ich nach Nadejanas Hand, und wir stürmten los!

Voran ging es, der ungeahnten Gefahr entgegen! Die flüchtenden Tiere rannten uns beinahe um, die wuchernden Ranken und Dornen ritzten Schrammen in unser Fleisch, doch nichts konnte uns aufhalten, dem elenden Krieg ein Ende zu bereiten!

Nach einigen Hügeln erhob sich vor uns ein großes, seltsames Flugobjekt! Es ähnelte in keiner Weise den Raumschiffen, die mir bisher bekannt waren.

Die Maschine war scheibenförmig, glänzte in einer silbernen Farbe und war rundherum schwer bewaffnet!

Aus den Mündern der Soldaten vernahm ich das Wort „UFO"! So bezeichneten wohl, die Bewohner der Erde, Flugobjekte, die ihnen unbekannt zu sein schienen.

Merkwürdig war, dass im Umkreis der Maschine, jegliche Pflanzen und Kriechtiere, starben und auf der Stelle verwesten!

In meinem ganzen Leben hatte ich noch nie etwas Vergleichbares gesehen! Wichtiger war es jedoch, herauszufinden, wer oder was sich in diesem UFO befand!

Ich hatte da schon eine gewisse Vorahnung …

Jovan Voland, der schleimige Mistkerl, rief: „Na, los doch, Phil! Du bist doch ein großer Held, zeig der Untertasse, wo's lang geht!"

»Klar, der Widerling versuchte mich nur herauszufordern, trotz allem musste sich jemand an das Objekt rantrauen und nachsehen. In dem Fall, war dieser jemand ich!«

Gerade, als ich den ersten Schritt wagen wollte, stoppte mich Kommandant Kampfherz, der das UFO misstrauisch im Auge behielt! Er überlegte, und befahl stattdessen zweien seiner Männer, sich ans Flugobjekt ranzupirschen. „Es bringt nichts, wenn du uns draufgehst, Segler!" sagte er.

Aber kaum hatten sich die zwei Soldaten dem Unheil genährt, fingen sie auch schon an, vergebens nach Luft zu schnappen! Anschließend kippten sie um und rekelten sich grausam auf dem Boden.

Bitterlich mussten wir zusehen, wie die zwei Soldaten um ihr Leben kämpften. Plötzlich hatte Nadejana einen perfekten Einfall! „Greift nach einer Ranke!" schrie sie uns zu.

Genau das taten wir, entrissen die Kletterpflanze zügig aus einer Baumkrone, und warfen sie den quälenden Männern zu. Einer von ihnen schaffte es nach ihr zu greifen, und zog sich mühsam zu uns ins Sichere. Ich rief den beiden zu, sie sollen sich beeilen, da die Ranke im Umkreis des UFOs, rasch wieder zu verrotten begann! Der Erste meisterte es mit viel Glück, der andere jedoch, war bereits vollkommen blass geworden, dennoch versuchte er die Pflanze noch irgendwie zu erreicht. Da bemerkte ich, wie den Mann seine Kräfte verließen, er starr wurde und sich seine Augäpfel nach ganz hinten verzogen..

Die Energie des unbekannten Flugobjektes erwies sich letzten Endes, als mächtiger!

„Ich bekam drüben plötzlich keine Luft mehr, keuchte der Gerettete, verängstigt. „Ich fühlte mich, wie ausgequetscht!"

Wütend drängte Marc: „Es reicht, lasst uns endlich unsere Waffen auf dieses verfluchte Ding abfeuern!" Jedoch schien Minor strikt dagegen zu sein und erwähnte, er hätte solch eigenartige Kanonen, die um das Flugobjekt angebracht waren, schon mal gesehen! „Die Geschütze der Flugmaschine sind um einiges stärker als unsere, glaubt mir!" „Ach, wieso bist du dir denn da so sicher, alter Mann?" „Na ja, weißt du, zu meiner Zeit als Welten-Vertilger begegneten mir und meiner Crew Unmengen von kuriosen Wesen im Universum; die einen waren schwächer, die anderen stärker, die einen schlauer, die anderen wiederum dümmer, doch in keinen von denen, schlummerte so viel unermessliche Bosheit, wie in den beiden Söhnen des Schreckensherrschers Diavokan, vom Planeten Tenebra; einem Höllenloch, übersät von Vulkanen und Magma. Die einzigen Transportmittel waren diese UFOs, da ihnen Lava, und die hohen Temperaturen, nichts anhaben kann!

Der König des Planeten, ein durch und durch tyrannischer Herrscher, erfreute sich liebend gern am Quälen seiner Untertanen, und lehrte so auch seine beiden jungen Söhne zu handeln. Er liebte es, seine Leute auspeitschen, ihnen Gliedmaßen abtrennen oder sie nach erledigter Arbeit köpfen zu lassen! Von Diavokans Statur her, könnte man sagen, er sei mager und vom Erscheinungsbild her, ziemlich unseriös gewesen. Einzig und allein, eine seltene Krankheit, die auf seinen Schultern lastete, ließ sein wütendes Volk in Angst und Schrecken erzittern!"

„Was für eine Krankheit war das, sag schon!"

„Man nannte sie Exsuginis, den *Saugwahn*, wodurch der Betroffene Diavokan ständig extremen Hunger verspürte. Wenn es soweit war, stellte er sich meist vor seine ausgewählten Untertanen, und saugte ihnen förmlich, die ganzen Innereien aus dem Leib, als ob er ihre Seelen in einem einzigen Atemzug verschlingen würde! Doch wie viel er auch fraß, satt wurde er niemals!

Eines Tages, nachdem er Hunderte von seinen Leuten ausgesaugt hatte, und immer noch nicht satt gefressen war, hielt er diesem Druck nicht mehr stand! In jener Nacht, begab er sich zu einem tobenden Vulkan und stürzte sich in die pulsierende Lava! Als sein gedemütigtes Volk dies erfuhr, war es überglücklich von der Schreckensherrschaft befreit zu sein, und setzte ihre Hoffnung eines friedlichen Lebens in die beiden, noch jungen Söhne, des Diavokans. Doch der Apfel fällt bekanntlich nicht weit vom Stamm! Auch, wenn sich die Bewohner noch so sehr bemühten, aus den beiden friedliche Prinzen zu kreieren, blieben die Jungen verdorben!

Die Zeit verging, die Prinzen wurden älter, und es dauerte nicht mehr lang, da bezeichnete man sie als scheußliche Todes- und Krankheitsüberbringer! Der Jüngere, so hieß es, konnte Blitze aus seinem Körper sprühen lassen, und sogar Raumschiffe vom Himmeln holen, ...

An der Stelle unterbrach ich Minor, da mich die Sache mit den Blitzen, rasch an einen gewissen schwarzen Magier erinnerte, der eine solche Fähigkeit ebenfalls besaß! „Sag bloß, dieser Typ hieß *Laturgan*!"

Minor konnte dies nur eindeutig bejahen, und fragte erstaunt: „Woher, verflixt noch mal, kennst du dieses Monstrum?"

Daraufhin meldete sich Marc zu Wort: „Nun, als wir drei, also Phil, Anzeron und ich, eine Bruchlandung auf dem Planeten des Mythenreichs, überlebt hatten, stießen wir kurz darauf auf diesen aufgeblasenen Magier, der sich Baron Blitz nannte, falls ich mich recht besinne! Na ja, wir erledigten den Wahnsinnigen und hatten damit das Vertrauen der Einwohner, besonders das der Elfen, in unserer Tasche!"

„Ich verstehe, erwiderte Minor. „Das ist großartig, dass ihr ihn umgebracht habt! Wisst ihr denn, wie er überhaupt in das Mythenreich kam? Nun, das Volk von Tenebra hatte zwar keine Geduld mehr mit Laturgan, trotzdem waren die Tenebraner fried-liebenden, menschlichen Ursprungs! So beschlossen sie, statt den Krankheitsüberbringer mithilfe eines Komplotts zu eliminieren, ihn im Mythenreich auszusetzen, in der Vorstellung, man könne ihn dort von seiner Besessenheit heilen! Doch die Hoffnung erlosch, als man erfuhr, er sei grausamer und furchterregender geworden, als je zuvor!"

„Was ist aber aus dem älteren Bruder geworden, und wie konntest du überhaupt, zu Zeiten von Diavokan, existieren, wo doch schon allein Laturgan, sein Sohn, seit unzähligen Jahren im Mythenreich festsaß?!", stocherte ich stark interessiert nach.

„Als Welten-Vertilger hielten wir uns, die meiste Zeit in den un-endlichen Weiten des Alls, auf. So vergaßen wir schließlich, die vielen Jahre, die rasend an uns vorbeizogen. Um trotzdem fit zu bleiben, sammelten wir alle möglichen Medikamente, die wir während der Reisen nur kriegen konnten! Ich bin Tausende von Jahren alt, Phil! Ja, man könnte sagen, die Medikamente haben aus mir einen wandelnden Untoten gemacht ... „

Interessiert und sprachlos zugleich, sahen wir ihm vor Begeisterung fast bis in den Rachen! Was dachten sich wohl Kampfherz und seine Kompanie bei dieser unglaublichen Geschichte? Erdenkinder, für die

so etwas unbegreiflicher klingen musste, als für einen verbissenen Weltraumfahrer. Ja, sogar Voland schien Minor zu glauben, zuckte dabei nervös mit seinem rechten Auge! Allein unser amüsanter Gefährte Marc schenkte dem Ganzen keine große Aufmerksamkeit: „Grandios, total überwältigend, Minor! Das heißt dann wohl, dass du wirklich ein 'alter Zausel' bist. Besser gesagt, ein uralter Zausel!"
»Dabei spürte ich, dass er mit diesem Scherz, den Alten nur daran erinnern wollte, wie viele Wesen, ja ganze Welten, in so unheilvoll vielen Jahren durch ihn allein, jammervoll sterben mussten! Darunter auch Marcs wunderbarer Heimatplanet Eurymedon! Ob ein Gott solchen ehemaligen Massenmördern vergeben konnte? Ich weiß es nicht!«

„Jeder verdient eine zweite Chance!" flüsterte mir Nadejana ins Ohr.

»Hatte sie etwa wieder meine Gedanken gelesen, oder war es vielleicht bloß Intuition?«

Da erwiderte ich: „Du hast recht, meine Schöne! Jeder verdient eine zweite Chance, wenn man bereit ist, sie auch zu nutzen!"

Jovan drängte den alten Vertilger um die letzte brennende Frage: „Minor, um Himmels willen, was ist mit Laturgans Bruder geschehen? Was ist aus dem geworden?!"

„Laturgans Bruder entwickelte im Laufe der Zeit seine unbezwingbare Gabe! Eine Energie, mit der er allen lebendigen Geschöpfen, sogar Pflanzen jeglicher Art, Luft raubte, sich stärkte und davon ernährte! Ständig durstete es ihn nach mehr Energie! Wie auch einst sein Vater, verfiel er der Sucht dieser Besessenheit! Als er schließlich erfuhr, dass die Bewohner seinen Bruder verband hatten, entlud sich sein gesamter unermesslicher Zorn! Rein jeder auf Tenebra bekam ihn zu spüren ... Es waren nicht wir Welten-Vertilger, die den Planeten zuletzt ausradierten!"
„Was ist mit diesem Psychopathen passiert? Könnte der uns jetzt noch gefährlich werden?"

„Tja, was er heute tut, ist mir einigermaßen unklar. Tatsache ist jedoch, dass er anschließend als geheimer Auftragskiller arbeitete, um mit seiner 'Gabe' Geld zu verdienen! Durch seinen gnadenlosen Zorn und die gewaltige Energie, nannte man ihn schon bald, den 'Moloch Kyunguskan'! Feststeht, dass nur der Moloch eine derartige Gabe besitzt und kein anderer im gesamten Universum!"

„Kyunguskan?!, erwiderte ich aufgebracht. „Etwa derselbe, vor dem mich der Grollorianer warnte?! Ich hatte es doch geahnt!"

„Dann ist es wohl eindeutig! Deshalb befürchte ich auch, dass die todbringende Energie, nicht von dem UFO dort, sondern viel mehr von dem der sie kontrolliert, ausgeht!" betonte Minor zu guter Letzt.

Hastig wendete sich jeder dem Flugobjekt zu, und überlegte, wie man es nur so schnell wie möglich auslöschen könnte.

„Versucht es erst gar nicht", schmetterte unerwartet eine tiefe dunkle Stimme, „denn gleich werdet ihr am eigenen Leibe erfahren, was es heißt, sich mit dem Moloch zu messen!"
Infolgedessen rüttelte und schwankte die gesamte Flugmaschine, woraufhin sich die breite Luke stockend zu öffnen begann! Hinter dem ausgestoßenen Qualm und dem dunklen Rauch erkannten wir allmählich die riesige, grässliche Gestalt dieses wahrhaftigen Monsters!
Nicht einmal annährend ähnelte Kyunguskan, die abscheuliche Kreatur, einem menschlichen Geschöpf! Vielmehr erinnerte er mich an ein grauenvolles Mischwesen, das aus Teilen der verschiedensten Bestien zusammengeflickt wurde: Der Körper aufgeplustert und breit, lange scharfe Krallen an Fingern und Füßen, ungewöhnlich lange dürre vogelähnliche Beine! Das Abartigste war allerdings sein Antlitz selbst- Ein schlangenartiger, von Narben gekennzeichneter Hals führte zu einer schmalen von spitzen Hörnern übersäten Visage! Die Augen traten fast heraus, die Ohren und die Nase waren so klein, dass man sie kaum erkennen konnte! Die Krönung verlieh dem Ganzen sein breites Saugmaul, aus dem lange scharfe Hornzähne ragten! Um erkennbar zu machen, dass er keines niedrigen Ranges

war, trug er eine feine, dunkelblaue Uniform, die er wahrscheinlich seit der Vernichtung von Tenebra nicht gewechselt hatte!

„Psst, Phil! Das ist doch nur eine übergroße Schlange; ein Aal im Menschenkostüm!"

„Ha, dass ich nicht lache! Und wen sollt ihr hier darstellen? Etwa die vier lächerlichen bunten Ritter und ihre kleinen Handlanger?" Plötzlich hielt Kyunguskan inne, hob seine Visage und fing an, halsstarrig herumzuschnüffeln! Er vernahm deutlich den Geruch aus unserer Richtung, wie ein gewöhnlicher Köter!

„Halt! Nein, das ist unmöglich, das kann doch nicht wahr sein! Was ist das für eine eigenartig-helle Aura, die ich da verspüre", murmelte der Moloch mit weit aufgerissenen Augen, „Du, der mit der violetten Rüstung, bist der aus dessen Innern die helle Energie herausstrahlt, und auch derjenige, der meinen Bruder ermordet hat! Oh ja, das spüre ich eindeutig!"

Unweigerlich erwiderte ich: „Ja, der bin ich! Mein Name ist Sir Phil Segler und ich werde die Erde vor dir und deiner grollorianischen Armee ein für alle Mal reinigen!"

„Genug der Worte, du hast lang genug gelebt!"

Um mich zu schützen, eröffneten unsere Soldaten das Feuer! Auf einmal riss Kyunguskan sein Maul so weit auf, wie es nur gehen könnte! In Sekundenschnelle inhalierte er all den Sauerstoff der Männer, trocknete ihre Lungen und brach sie schließlich alle samt zu Fall!

Energisch geladen stieß er meine Gefährten, wie auch Jovan und Kampfherz zur Seite, stellte sich vor mich, und versuchte mir das Leben auszuhauchen! Aber wie gerufen schoss wieder die Kraft von Deliraza durch meinen Körper!

„Dämlicher Menschling, was zum Teufel ist das?!"

„Eine übersinnliche Kraft, der du nicht gewachsen bist!" brüllte ich dem Scheusal ins Gesicht.

Wiederholt verfärbten sich meine Augen, der Puls stieg, die Muskeln spannten sich an!

Noch bevor der Moloch antworten konnte, streckte ich ihm die Hand vor das Maul und verpasste ihm einen gewaltigen Energiestoß, der es in sich hatte!

Aus dem Munde blutend richtete er sich wieder auf! Kurzweilig schenkte er mir ein rachedurstendes Grinsen und krallte sich gleich darauf Nadejana, die noch etwas benommen hin und her schwankte! Offensichtlich verwendete er sie als Geisel! „Und jetzt marschiert ihr alle ganz brav in mein hübsches Schiff!" Da die treuen Soldaten tot waren, mussten sich meine Gefährten, die beiden Truppenführer, wie auch meine Wenigkeit, dem Befehl unweigerlich beugen, in der Angst, er könne Nadejana ansonsten etwas antun.

„Was hast du Mistkerl mit uns vor, fragte Kampfherz den Moloch wutschnaubend, „willst du uns etwa den Ratten, für die du arbeitest, zum Fraß vorwerfen?" „Oh, gut erraten, Kommandant! Ich bin sichtlich beeindruckt! Es liegt in der grollorianischen Tradition, deren größten Feinde vor großem Publikum hinzurichten! Das alles tut mir natürlich furchtbar leid, aber das Schicksal spielt nun mal nicht immer mit guten Karten!"

Aufgereiht bewegten wir uns schließlich in das UFO, von Kyunguskan strengstens beobachtet. Meine Freunde befürchteten, er könne seine todbringende Energie jederzeit wieder dazu entfachen, sie unerwartet zu erdrosseln. Aber nichts des Gleichen geschah.

Drinnen, in der geräumigen Flugmaschine, sperrte der Verbrecher uns stattdessen in einen speziell für Gefangene angebrachten Käfig. Unabgelenkt sah ich durch den breiten Raum, erkannte rasch Kyunguskans perverse Vorlieben: konservierte Kreaturen in Regalen, abgetrennte Körperteile an der Decke, unzählige Köpfe, verteilt in der ganzen Maschine!

Offenbar war Kopfgeld oder Ähnliches auf diese Geschöpfe angesetzt worden, das der Moloch einsackte, die Leichen als Art Trophäen beibehielt und damit sein prächtiges Schiff ausschmückte.

Mich überkam die Wut, meine Finger kratzten bereits an den harten Gitterstäben, da schrie ich ihm zu: „Du krankes Tier, wenn wir hier rauskommen, drehe ich dir deinen verfluchten Hals um!"

Der Mörder aber, betonte nur scherzhaft: „Keine Sorge ihr Helden, dasselbe Unheil wird euch auch ereilen!"

Darauffolgend setzte er sich ans Steuer, betätigte ein paar Knöpfe und erhob das UFO mit einer rotierenden Bewegung in die Lüfte.

In der Zeit, während wir scharf durch die Wolken des blauen Planeten sausten, Jovan an seinen Fingernägeln nagte, fragte mich Kampfherz, ob ich an ein Leben nach dem Tod glaubte. Ich konnte darauf nur wiederholen, was ich einst den Langschädeln auf Maana erklärt hatte: „Hören sie gut zu, Kommandant: Wenn ein Wesen stirbt, bleibt allein die Seele, unser tiefstes Inneres, das auf ewig weiterlebt! Die Seele ist die unsterbliche Kraft in uns!"

Leicht zweiflerisch erwiderte er: „Ich halte nichts von diesem Kram, geschweige denn von Religionen! Sir Segler, ich dachte wirklich sie wären ein vernünftiger Mann. Wie können sie einen so spirituellen Blödsinn glauben? Ich bin überzeugter Atheist und rate ihnen, sich anzuschließen. Nein im Ernst, sie müssten sich mal unser erdgebundenes Volk anschauen; beten die verschiedensten Götzenbilder an, statt sich die Hände zu reichen und gemeinsam zu leben! Jeder Mensch kümmert sich doch allein um das eigene Überleben, die anderen sind gleichgültig! Heutzutage ist die Erde voll von egoistischen Meinungen! Diese Rattenmutanten wären schon längst erledigt, wenn andere Länder sich mit uns vereinigt hätten!"

Ich wusste nicht recht, ob ich dem stolzen Kommandant erklären sollte, dass ich einst so ähnlich dachte, bis sich mein Leben für immer änderte. Also ließ ich den Mann mit seiner Meinung zufrieden und blickte aus dem trüben UFO-Fenster.

Auf einmal bemerkte ich in der Ferne einen rasenden Stern, verfolgt von einer Schar schwarzer Objekten, der immer größer und größer wurde!

Stürmisch lehnte ich mich ans Gitter und kreischte so laut es ging: „Kyunguskan, du Schwachkopf! Du musst ausweichen, etwas Kolossales kommt auf uns zu!"

Der Moloch vergewisserte und bemühte sich schnellst wie möglich abzudrehen, während ich weiter gespannt zu den Objekten sah. Plötzlich erkannte ich bei genauerer Betrachtung, dass dieser rasende Stern unser gewaltiges Zerstörerschiff war, worin sich einzig und allein mein lang ersehnter Gefährte Anzeron befinden konnte, der wohl vom Besuch seines Heimatplaneten endlich zurückgekehrt war! Die umherschwirrenden schwarzen Scharen ergaben sich als Raumgleiter der Grollorianer, die sein Schiff im Flug bedrohten!

Diese Ratten beschädigten das Zerstörerschiff so stark, dass es Flammen fing und somit an Schnelligkeit zunahm!

Erschreckenderweise konnte Kyunguskan unser UFO nicht mehr rechtzeitig aus der Bahn werfen, sodass unsere großen Flugmaschinen aufeinander sausten und darauffolgend zur Erde prallten.. !

Leicht benebelt kroch ich aus den Trümmern der Maschine. Ich tastete verzweifelt mit meinen Händen den Boden ab, verspürte heiße Asche und jede Menge Dreck unter mir! Ein ekelerregender, modriger Gestank machte sich breit, furchtbarer Lärm, schreckliche Geschreie, ertönten von überall her! Mich überkam der irre Gedanke, im Totenreich gelandet zu sein!

Doch mit ganzer Kraft richtete ich mich wieder auf die Beine, und schüttelte den benebelten Wirr aus meinem Kopf. Da begriff ich, woher der Dreck, der modrige Geruch und die Geschreie kamen: Die Front, wir waren inmitten des Krieges abgestürzt!

Beim vollen Bewusstsein angelangt, begann ich, bevor ich mich dem Kampf hingeben konnte, unermüdlich in den Trümmern zu buddeln, um meine Gefährten zu befreien! Vor allem jedoch, trieb mich die Furcht um meine Liebe, Prinzessin Nadejana! Unsere innere Verbundenheit war so stark, dass ich ihr Herz unter dem Geröll deutlich schlagen hörte!

Ich wusste genau, sie war am leben!

Immer weiter legte ich eine Platte nach der anderen frei, felsenfest vom Hoffnungsfunken getrieben.

Plötzlich, eine schlagende Bewegung, die sich unter dem Schutt bemerkbar machte! Mein Gefühl sagte mir, dass es jedoch nicht die Prinzessin war. Gleich darauf flogen die Gegenstände zur Seite, und eine große Gestalt kam ans Licht! Erst glaubte ich, Marc zu erkennen, doch der lange Schlangenhals ließ meine Freude sinken. Kyunguskan war erwacht!

Der abscheuliche Moloch brüllte mir zu: „Das letzte Mal standest du mir im Wege!   Von hier aus, Phil Segler, wir du nun in den Himmel fahren! Vor Augen deiner Feinde und deiner verfluchten Rasse, wirst du hier elendig dein Ende finden!"

„Ich habe keine Angst vor dir! Meine Energie und die Göttin der Menschheit, unsere Mutter Erde, wird mich in diesem Kampf stärken!"

Ruckartig nahmen wir Kampfpositionen ein und konzentrierten uns auf unsere Kräfte! Um uns herum flogen Granaten, Bomben und fielen Schüsse, doch das störte uns kaum, denn dieses Duell war unumgehbar! Die grausamste Kreatur des Universums und ich; der junge Erlöser, baten einander die Stirn. Das Gute gegen das Böse; Auge um Auge, Zahn um Zahn!

Ich konnte mir nicht erklären wieso, aber der Bösewicht schaffte es, seine Energiewellen schneller zum Kochen zu bringen, als ich!

„Kyunguskan, du wirst Segler kein Haar krümmen, hast du das kapiert?!" erschallte eine trotzige Stimme.
Es war der harte Kommandant Kampfherz, der sich kraftvoll aus den Trümmern zog!
Wild geworden stürzte er sich gleich darauf auf den Moloch, doch das Ungeheuer packte den Soldat am Schlafittchen und schleuderte ihn bis weit über die Berge!
Nervös fletschte ich Kyunguskan die Zähne und ballte meine Fäuste.
„Ha, du kleiner Wicht, prahlte er, „was ist los? Weißt du etwa nicht, dass das Leid sterbender Krieger in dieser Front meine Gabe stärkt? Oh ja, das Schlachtfeld ist das blutige Herz des Krieges, ich fühle die unbezwingbare Macht!"

»Dieser Moloch war eine wahrhaftige Ausgeburt des Bösen! Eine giftige Schlange, die ihren Hunger allein durch den Tod von Lebewesen mildern konnte. Sie war süchtig danach und ließ sich von ihm leiten! Die Chance, einen so mächtigen Feind zu besiegen, schien beinahe unvorstellbar! Dennoch hielt ich mir vor Augen, dass ich der Erlöser war, auf den die Galaxie lang wartete! Egal wie heftig ein Gegner sein würde, es ist meine Bestimmung, das Böse zu bezwingen und das Gute zu erretten!«

Überraschend, zu unserem großen Erstaunen, wagten sich endlich meine treuen Gefährten aus den zerstörten Raumschiffwracks! Marc und Minor präsentierten sich heldenhaft und unerschrocken auf diesem Trümmerberg. Selbst Anzeron erstrahlte voller Kühnheit in seiner glänzenden Rüstung! Erleichtert blickte ich zu meiner geliebten Prinzessin Nadejana, die mir warmherzig ihr Lächeln schenkte, so als wollte sie sagen: 'Es wird alles gut, mein Liebster!'

Kyunguskan fauchte vor Wut! „Oh, nein! Ihr Bastarde werdet unser Duell nicht aufhalten können!", drohte er, und trommelte mit einem lauten: „Schnappt sie euch!!", die Grollorianer zur Hilfe zusammen!

Brutal hetzte eine gewaltige Horde der Nager auf meine Freunde los! Damit hatte der Kampf um Mutter Erde, für uns endgültig seinen Lauf genommen!

Die Grollorianer nutzen jede denkbare Möglichkeit, um meine Leute auszuschalten. Einige von ihnen krallten sich an Marcs Körper, schlugen fest mit Elektrostäben auf ihn ein! Doch der bärenstarke Riese schüttelte sie wieder zu Boden und erschoss sie gnadenlos mit seiner effektiven Drehkanone! Der alte Minor hielt sich die Plage mit einer anderen Methode fern: Er griff in seine Rüstung und brachte sein königliches Zepter zum Vorschein! Diese erwies sich im Kampf, als eine äußerst nützliche Waffe, die mittels greller Laserstrahlen die Gegner pulverisierte! Der einfallsreiche Anzeron überraschte die Grollorianer mit seinen schnellen Bewegungen, mit denen er jedem Schuss auswich! Anschließend wehrte er sich tapfer mit seinem Lasersäbel. Und Nadejana verpasste ihnen gekonnte Tritte und Hiebe. Ihre Armbandkanonen verhalfen ihr zum krönenden Abschluss des Ganzen!

Zur selben Zeit fand sich Kommandant Kampfherz, in der Nähe eines grolloranischen Schiffes, wieder! Unbemerkt schlich er sich ans Unbekannte heran, und blickte durch das Fenster. Was er da jedoch sah, gefiel ihm ganz und gar nicht! Der Anblick war einfach abstoßend grässlich: Unschuldige Menschen wurden kranken Versuchen unterzogen! Sie erlitten grausame Qualen, bei denen man ihnen beispielsweise Körperteile abtrennte und sie durch Tentakel ersetzte! Man steckte sie sogar in übergroße Aquarien mit giftigen, außerirdischen Fischen, oder fror sie für weitere Experimente ein!

Diesen Wahnsinn hielt Kampfherz nicht länger aus! Mutwillig stürmte er das Raumschiff und eröffnete den Ratten das Feuer!

Einige konnte er erledigen, doch gegen so viele hatte er wenig Chancen. Um den Schüssen zu entkommen, flüchtete er hinaus ins dichte Gestrüpp. Allerdings blieben die Biester dicht auf seinen Fersen!

Unterdessen spitze sich die Lage, an der Front zu:
Kyunguskan war mit seinen Kräften so weit, dass sich, um ihn herum, alles wieder zu verwesen begann! Selbst ein Grollorianer, der versehentlich, in diesen 'Hexenring' tappte, krepierte elendig! Plötzlich wüteten leuchtgrüne Energiefunken unter seiner narbigen Haut! Diese durchströmten seinen gesamten Leib, bis sie sich schließlich im Rachen sammelten und zu einem Energieklumpen zusammenfügten!

»Ich fühlte, etwas stimmte nicht! Ein mulmiges Gefühl machte sich in mir breit!«

Zurecht, denn bevor ich mich überhaupt rühren konnte, entfesselte der Moloch diese ungeheure Energie aus seinem Maul! Die magischen Ströme steuerten direkt auf mich zu, schlugen mich zu Boden und aalten, wie giftgrüne Schlangen, um meinen Hals!
Langsam aber sicher entzogen sie mir Luft, ich keuchte und fiel auf die Knie. „Dein Tod ist nah, närrischer Menschling!"
Kurz vor einem sicheren Kollaps, schwankte ich meine Blicke zu dem tobenden Gemetzel. Da erkannte ich, dass Kampfherz mit seinem Gerede, die Erdenmenschen seien selbstsüchtig und unwürdig sich gegenseitig beizustehen, total daneben lag!
»Auch, wenn sie sich durch ihre Hautfarbe, die Herkunft, die Sprache, oder gar durch ihre nationalen Uniformen, auf dem Schlachtfeld voneinander unterschieden, so waren sie trotzdem alle eins! Die Menschen hatten begriffen, dass es darum ging, ihr großes Erbe, das gemeinsame Heiligtum 'Mutter Erde', vor der außerirdischen Rattenplage zu beschützen, mit allem was sie hatten! Der wunderbare, blaue Planet verband sie seelisch miteinander!«
Und genau diese mentale Verbindung, löste in mir eine Wucht von unbändigen Energien aus, die aus mir herausstießen, Kyunguskans Machtströme zermalmten, und ihn blitzartig in die Trümmer beförderten!
Erleichtert stand ich auf, und belächelte: „Damit hast du wohl nicht gerechnet, du unbesiegbarer Moloch!"
So glaubte ich, für einen kurzen Moment, der großen Gefahr ent-

ronnen zu sein, jedoch bahnte sich bereits eine weitere ungeahnte Bedrohung an!

„Hey Segler, hättest du denn mit mir gerechnet?", fragte hämisch, ein weißhaariger Mann, stehend auf dem Geröllhaufen.

Es war der schleimige Jovan Voland!

„Ihr habt sicher gedacht, ich sei beim Absturz verreckt, lächelte er hinterlistig, „aber da lagt ihr falsch! Phil, du räudiger Hund, endlich weiß ich, woher du diese 'magischen' Fähigkeiten nimmst! Oh ja, ich hab dein Geheimnis endlich gelüftet! Und da ich es jetzt weiß, scheue ich mich nicht mehr, das hier zu benutzen …"

Vollkommen von Gier und Rachedurst besessen, entnahm er eine kleine, seltsame Schachtel aus seinem Anzug.

„Was zeigst du mir da, Jovan? Mach bloß keinen Fehler!" warnte ich.

„Damals auf Zeusolar, zur Zeit, als du mit deinen Freunden im All verschollen warst, da flog mir doch tatsächlich, dieses komische Ding hier, entgegen … „

Gleich darauf zog er vorsichtig aus der Schachtel einen strahlenden Kristallsplitter, hervor! Sofort war mir klar, worum es sich handelte! Es war einer der Splitter des Vector Deliraza- Kristalls, die nach meiner Berührung auf Maana, in die Weiten des Alls aufgebrochen waren!

Lachend setzte Voland fort: „Als ich diesen vibrierenden Splitter vor mir liegen sah, wusste ich direkt, es war etwas Unnatürliches! Geplagt von Neugierde, warf ich ein Tuch über ihn, wickelte den Splitter gut ein, und brach ihn zu den besten Professoren der Makropole. Doch, als selbst die keine Ahnung hatten, war ich gezwungen, mich an eine Seherin zu wenden! Und siehe da, die verkalkte Greisin erklärte, der Kristallsplitter besitze sehr gefährliche, übersinnliche Kräfte, die aus einer magischen Galaxie stammen! Na ja, erst fürchtete ich mich davor, aber da ich mir nun sicher bin, dass du, Phil, auch so einen Kristall berührt hast, kann es mir ja wohl kaum schaden!"

»Jovan Voland konnte von Glück reden, dass er feste Handschuhe trug, denn ansonsten, wäre er längst von den übernatürlichen Kräften, vernichtet worden! Nur derjenige, der auf der Suche nach der eigenen Seele war, konnte die Kräfte des Vector Deliraza, auf sich ziehen! Und nur derjenige, der begriff, was und wofür die Seele überhaupt da ist! Voland gehörte definitiv nicht zu solchen, die an Spirituellem festhielten!«

„Ich werde dich umbringen, Phil Segler ... Ich werde euch alle umbringen! ... Du hast dich doch schon immer als 'der unbesiegbare Held' betrachtet! Rein jeder vertaut und bewundert dich ... Aber, wenn ich erst einmal zum Herrscher dieses fantastischen, blauen Planeten gekrönt werde, tanzen alle nach meiner Pfeife, du Scheißkerl! Dann bin ich der Held, zu dem alle aufsehen!"

„Du ... du bist völlig verrückt, Voland! Die Organisation der Aufklärer hat doch, nach meinem Verschwinden, zu dir aufgesehen, war das denn nicht genug?!"
„Nein, Segler, das war es kaum! Ich will, der größte und mächtigste Mensch im Universum sein! Und ich werde nicht ruhen, bis dieses Ziel erreicht, und du, Großtuer, endlich tot bist!"

„Dann tue, was du nicht lassen kannst! Dein Neid und deine Gier werden dein Ende sein!"

Wahnsinnig lachend legte Jovan einen seiner Handschuhe ab. Ja, fast dürstend drängt es ihn, den Kristallsplitter mit der nackten Hand zu berühren!
Eilend klatschte er seine Pranke auf den scharfen Splitter, rieb so stark, dass der Gegenstand sich allmählich blutrot färbte! Die Bewegungen wurden immer schneller, sein krankes Grinsen immer breiter! Schlagartig schien sich sein ganzer Körper selbstständig zu machen, der Mann verlor die totale Kontrolle über sich! Anschließend stieß er sich den blutigen Splitter in Arme und Knie, lachte dabei wie ein Irrer! Er begann sich selbst aufzuschlitzen, sich das Gesicht und sein Leib zu entstellen! Es geschah so, wie es auch der Maana-König Natrix berichtet hatte: Der, der nicht würdig sei, würde sich im Wahn selbst zerfleischen!
Es ging so weit, dass er sich seine Augen ausstach, die Haare ausriss und sich fröhlich in seiner Blutlache wälzen! Auch meine Gefährten warfen einen erschütterten Blick zu dem grauenhaften Horrorspektakel!
Zum Schluss brachte ihn der unheilbare Wahnsinn dazu, sich den

magischen Splitter tief in seinen Kopf zu rammen ... So endete schließlich die Tragödie, eines kranken, von Rache zerfressenen Mannes.

Doch so sehr ich es auch wollte, die Zeit zum Aufatmen, war noch nicht gekommen! Denn kaum hatte ich mich gefasst, erwachte auch schon Kyunguskan wieder aus seinem Dornrösschenschlaf! Kampfbereit und von Speichel durchnässt, entfachte er eine niederschmetternde Macht, die mich in eine Art Fallsucht zwang! Fieberhaft rekelte ich mich hin und her, versuchte nicht aufzugeben und bei Bewusstsein zu bleiben! Zu meiner Rettung kullerte, wegen der zappelnden Bewegungen, eine verzierte Flöte aus meiner Rüstung! Rasch erinnerte ich mich an den Moment, an dem Elfin Edel sie mir gab, um mich bei großen Gefahren zu hören und zur Hilfe zu eilen!
Mit letzter Kraft zog ich die Flöte an meinen Mund, spitzte die Lippen und pfiff, so laut es nur gehen konnte! Der wunderliche Klang ertönte über das ganze Schlachtfeld, den gesamten Globus, bis hinein in die mysteriösen Weiten des Alls!
Für die Grollorianer und auch Kyunguskan, der Verkörperung des Bösen selbst, schien der Ton unerträglich an den Nerven zu zerren! Verzweifelt versuchte der Moloch seine winzigen Ohren vor dem Laut zu verdecken.
Gespannt starrte ich in den Himmel, wartete erhofft auf die geheimnisvollen Elfen aus dem Reich der Mythen!
Und glücklicherweise wurde mein Hilferuf erhört!
Aus dem tiefen Herzen der Milchstraße eilten sie herbei, auf fliegenden Dschunken! Als die grolloranischen Schiffe sich ihnen nährten, wurden diese durch magische Pfeile der Elfen schnell zu Fall gebracht!
Leicht irritiert sah Kyunguskan der Landung der Flugdschunken zu, und wusch sich genervt den Sabber vom Maul. Seine quälende Macht jedoch, ließ er weiter auf mich einwirken!
Aus einer, der zauberhaften Schiffe, kam ein junges Mädchen auf mich zugerannt. In ihrem weißen Gewand strahlte sie, wie ein himmlischer Engel! Ich hörte sie meinen Namen rufen, es war die hübsche Elfin Edel, die sich tapfer vor meinen Gegner stellte, und seine negative Energie durch lauten Elfengesang schwächte!

Die wütenden Grollorianer schauten dumm aus der Wäsche, als sich, die gigantische Truppe der mystischen Wesen, auf die Seite der Menschen stellte!

Durch die Kraft von Deliraza kam ich rasch wieder zu Kräften. „Wie hast du mich so schnell gefunden, Edel?" fragte ich.

Sie antwortete: „Ich habe deine Seele gespürt, bin deinem Hilferuf durch das Universum gefolgt! Mit deiner spirituellen Kraft, bist du für mich immer auffindbar, mein Erlöser! Nach deiner damaligen Abreise, hat mein Volk alles in die Wege geleitet; schnelle magische Dschunken erbaut, Waffen entwickelt, um dir eines Tages im Kampf helfen zu können! Und genau dieser Tag, ist nun gekommen!"

„Ach, wie rührend! Ein zartes Elfengeschöpf beschützt den übermächtigen Erlöser! Ha, das ist wirklich mehr als peinlich, Phil Segler! Doch ich glaube, das kleine Elfenfräulein irrt sich, mit deiner Liebe zu ihr, nicht wahr? Ich werde einfach das Gefühl nicht los, dass dein Herz für eine andere schlägt!" erwiderte der Moloch hinterlistig.

Die junge Elfin Edel war entsetzt, und brach in tränen aus! „Bitte, Phil, sag dass das nicht wahr ist, ich liebe dich doch über alles!" flehte sie verzweifelt.

»Leider konnte ich ihr keine beruhigende Antwort geben und sie mit Liebe besänftigen. Der listige Kyunguskan hatte recht, ich liebte eine andere! Die starken Gefühle, die das zerbrechliche, süße Elfenmädchen für mich empfand, konnte ich nicht erwidern. Ich konnte einfach nicht bestreiten, dass mein Herz einer anderen verfallen war!«

Von bitteren Tränen übergossen, braute sich allmählich Zorn in der Elfin zusammen! Das Mädchen gegen mich zu richten, schien Teil des Molochs heimtückischer Taktik zu sein! Ihr helles Haar färbte sich schwarz, die Augen feuerrot und das weiße Gewand leblos grau! „Ich habe dich immer geliebt, seufzte das Mädchen, „doch nun, hast du mich verletzt, mein Zartgefühl und meinen Edelmut zerstört!"

Ruckartig stellte sie sich auf Kyunguskans Seite! Sie fragte den Bösewicht, wo sich meine neue Geliebte befinde, um sie 'näher kennenzulernen'! Fassungslos lauschte ich ihrem dunklen Geschwafel. Elfin Edel, ein einst warmherziges Wesen, war nicht mehr! Aus Rachedurst hatte sie die Seiten, wie auch damit ihren Namen, gewechselt! Aus ihrer Bezeichnung 'Edel' war letztendlich 'Bosheit' geworden."

Der hocherfreute Moloch deutete ins Schlachtfeld, auf meine tapfer kämpfende Prinzessin, Nadejana. „Das ist sie, rief er. „die begehrte Flamme von Phil Segler!"

Die aufbrausende Wut der Elfin, war dabei kaum zu übersehen! Plötzlich ließ sie riesige Dornenranken aus dem Umkreis um Nadejana herausprießen! Ich musste leidend mit ansehen, wie die Pflanzen sich um ihren Körper schlängelten und sie langsam einquetschten! Den Grollorianern lief bei diesem Anblick der Sabber aus dem Halse, da sie das Quälen anderer extrem vergötterten.

Marc, der sich nicht weit von Nadejana befand, fasste sich ein Herz und rannte ihr zur Hilfe! Er schnallte seine Drehkanone an die Brust und begann, das zähe Dornengewächs mit bloßen Händen auszurupfen! Umgehend befahl Kyunguskan den Grollorianern ihn davon abzuhalten und zu erledigen, solange Marcs effektive Waffe ausgeschaltet war! Heranpirschend zogen die Bestien ihre kosmischen Todesspieße hervor, bereit sie dem ahnungslosen Helfer in den Rücken zu rammen! Doch sein Schicksal nahm eine unerwartete Wendung, als sich Minor den Ratten in den Weg stellte! Der alte Mann überrannte jegliche Krieger, um seinen Gefährten rechtzeitig zu erreichen. In letzter Sekunde warf er sich tapfer vor die Waffen der Grollorianer! Wagemutig stach er seinen Zepter in eine des Gegners Brust! Komischerweise jedoch, grinste der blutende Grollorianer nach dem Gnadenstoß immer noch weiter! Erst, als Minor an sich heruntersah, verstand er, weshalb: In seinem Bauch steckte ein Todesspieß, den die Rattenmutanten ihm verpassten, während er in den Gegner eingestochen hatte!

Es half kein Geschrei, kein Eingreifen durch Anzerons Lasersäbel oder Marcs unglaublicher Muskelkraft, die hätten unseren Freund zurückholen können.

Mit letzter Kraft sprach Minor zu Marc: „Damit habe ich mich dann wohl revanchiert, mein Freund. Ich habe viel zu lange gelebt und abscheuliche Dinge getan, als dass ich noch weiterleben könnte … Verzeih mir, König von Eurymedon, ich stehe auf ewig in eurer Schuld."

Marc: „Minor, gib nicht auf! Du hast uns allen bewiesen, dass du ein guter Mensch bist! Mein Freund, ich habe dir längst verziehen!"

„Ich danke dir, endlich kann meine Seele Frieden finden. Meine Zeit ist jedoch abgelaufen, aber eines Tages, da werden wir uns wiedersehen … Wir werden uns alle wiedersehen!" antwortete der tapfere, alte Mann, wurde still und schloss seine Augen …

Für langes Trauen blieb allerdings kaum mehr Zeit! So versuchte sich Marc weiter am Zerstören des Dornengewächses, während Anzeron, die annährenden Grollorianertruppen, im Zaun hielt. Das Gewächs klammerte sich fester und fester um Nadejanas Körper, sie drohte eines qualvollen Todes zu sterben! Es schien bloß eine einzige Möglichkeit zu geben, meine Liebe vor dem Ersticken zu befreien: Die rach durstige Elfin, die die Pflanze rief, musste getötet werden, und zwar endgültig!

Nach allem, was ich mit ihr erlebt hatte, musste ich dennoch einsehen, dass sie nicht mehr das zarte, sensible Mädchen war, das ich einst kannte. Das Böse hatte von ihr Besitz ergriffen!

„Warum nur, Edel?, fragte ich nachdenklich, „Wieso muss es nur so enden, erklär es mir?" Drohend gab sie zu Antwort: „Du hast mir kein Mitgefühl erwidert! Du vergaßest mich, als du diese andere Frau trafst! Ich hatte dir ja gesagt, wenn du deine Gefühle verdrängst, sich dein Leben mit Dornen und Labyrinthen schmücken wird!"

„Ich habe meine Gefühle nicht verdrängt, habe es deshalb auch so weit gebracht! Du verstehst nicht, dass meine Liebe zu dir niemals so stark war, wie du es annahmst!"

„Es reicht! Verabschiede dich lieber von deiner Prinzessin!"

So leid es mir auch tat, machte ich mich jedoch bereit, die besessene Elfin zu zerstören. Ich konnte nicht mehr zusehen, wie sie Nadejana erbarmungslos quälte.

Doch noch bevor, ich meine Energie abfeuern konnte, entkam ein scharfer Pfeil aus dem Kriegergemenge! Er traf die Elfin mitten ins Herz! Nicht einmal der Moloch war auf so was vorbereitet gewesen, schaute nur verdutzt umher! Das Mädchen fiel zu Boden und verlor gleich darauf ihr düstres Antlitz. Ihr dunkler Wahnsinn verschwand, wodurch sich auch ihr herbeigerufenes Dornengewächs zurückzog und Nadejana endlich freiließ! Während meine Geliebte aufatmen konnte, hieß es für die Elfin, 'Abschied nehmen'.

Leise flüsterte sie mir ihre letzen Worte: „Mein Lieber, ich war so verrückt danach, dich zu erobern, dass ich ganz deine eigenen Gefühle vergaß … Nun bin ich wieder klar und verstehe, dass ich loslassen muss … Bitte versprich mir, mich nicht zu vergessen!"
„Ich verspreche es dir, Edel, ganz fest!", antwortete ich.
So faltete sie ihre Hände, schloss die Augen und teilte sich in eine Schar weißer Tauben, die sich anmutig in den Himmel begaben.

Der magische Pfeil, der Edel traf, stammt von keinem anderen als dem Ältesten der Elfen! Er war derjenige, der im Mythenreich von meiner Bestimmung predigte und mich auf die Erde, die Göttin der Menschheit, aufmerksam machte. Vom Schlachtfeld aus, rief er mir zu: „Ich wusste, dass dieser Tag einst kommen würde! Und jetzt, lasst es uns vollbringen! Um das Dunkle zu bezwingen, musst du dein Gewissen mit dem Spirituellen verbinden! Bring diese Elemente in völligen Einklang, Sir Segler!"
Da verstand ich seine Überlegung, sprang auf einen hohen Hügel und rief mein teures Heer; Menschen, Elfen und meine Gefährten zusammen.
„Kinder der Erde, Kinder des Himmels, hört mich an! Unser blauer Planet steht am Abgrund, seiner Zerstörung ins Auge blickend! Wir können doch nicht zulassen, dass uns räudige Monster einschüchtern und auf eigenem Boden zu Sklaven machen! Über viele Jahrmillionen haben wir Menschen Dinge erschaffen, uns weit ins All vorgedrungen, neue Welten besiedelt! Doch wir haben uns damit voneinander getrennt, unsere spirituellen Kräfte verloren, vergessen wer wir sind!"
„Und was gedenkt ihr zu tun?!" ertönte die Stimme, eines verwundeten Soldaten.
„Erweckt eure übersinnlichen Mächte, die uns die Erde, als wir eins mit der Natur waren, schenkte! Zu Beginn meiner Reise hätte ich selbst nicht dran geglaubt, doch in jedem von uns schlummert diese Energie, die wartet erweckt zu werden! Strengt euch an, konzentriert all eure Sinne, all eure Gefühle und glaubt fest daran! Sie wird euch helfen, mit eurer Vergangenheit und dem elendigen Leid abzuschließen und die menschliche Liebe, die Glückseligkeit, das rein Gute nach Außen zu bringen!"

Die Soldaten schauten grübelnd und nachdenklich. Sie zögerten, da die meisten stark an diesen verborgenen Fähigkeiten zweifelten.

Kyunguskan, wutentbrannt, nutzte die Gelegenheit schnell! Er presste mich energisch zu Boden und sprach: „Sieh es ein, junger Narr, deine Rasse hat ihren Zauber verloren! Euer Glanz scheint verwelkt zu sein! Ihr müsst einsehen, dass es für Schwächlinge keinen Platz im Universum gibt!"

Auf einmal entsprang Anzeron aus den Tiefen der Front! Er fauchte und man sah ihm seinen Zorn förmlich an. „Wenn du von Schwächlingen redest, Kyunguskan, meinst du da nicht eher deine hirnlosen Rattenkrieger? Ich mag zwar klein und harmlos aussehen, aber bei meinen Ahnen, ich werde alles dafür tun, um die Galaxie vor deinem Dreck zu säubern! Diesen Planeten bekommst du nicht!"

Anschließend, obwohl es rundherum Bomben hagelte, ging der Anatone in die Hocke! Er meditierte, schien seine innere Energie zu sammeln. Stillschweigend beruhige er seinen Geist und wirkte frei von allen alten Gedanken, die ihn je quälten.

Die Menschen schauten ergriffen zu ihm hinüber. „Glaubt an euch, rief er. „macht euch frei, glaubt an das Übernatürliche in eurem Innern!

Um das Vertrauen der Menschen zu stärken, mischte sich auch Marc ein: „Seht mich an, ich bin ein großer, ernst zu nehmender Mann! Ohne Furcht und ohne Skrupel! … Doch der Schein trübt, meine Freunde! Auch ich habe Schlimmes erfahren, habe geweint und hatte Angst! Dann traf ich gute Freunde, die mich auf den richtigen Weg brachten. Ich sah Dinge, die unerklärbar sind, und es wohl immer sein werden! Deshalb glaube ich felsenfest, es gibt mehr als wir anfassen und begreifen können! Oh, ja! Ich glaube an eine göttliche Kraft, die in jedem von uns steckt! Zeigen wir diesem dunklen Abschaum, dass wir das Göttliche nicht vergessen haben!"

Wie auf Kommando verneigten sich die ersten Erdenkinder! Die starken, emotionalen Worte bewirken bei den Menschen Gigantisches! Vom Bauern bis zum Soldaten, von klein bis groß, von jung bis alt; alle warfen sie ihre Waffen nieder und begannen zu meditieren. Sie gaben ihrem Geist freien Lauf, wollten abschließen mit der Vergangenheit und Neues erwecken! Sie taten es für mich, für uns, und vor allem für das Wohl von Mutter Erde! Auch Marc, Nadejana und die Elfen gingen in die Knie!

Die völlig verwirrten Grollorianer, die pechschwarze Plage, waren für einen Augenblick der Stille verfallen. „Was steht ihr da so blöd?, brüllte der Moloch ihnen zu. „Tötet sie! Vernichtet dieses Erdengesindel!"

Aber gerade, als er mir das Leben auszuhauchen versuchte, und der erste Grollorianer wieder zur Kanone griff, wurden all die Meditierenden von einer übernatürlichen Helligkeit erleuchtet, wie ich es nie zuvor gesehen hatte! Auch ich, strahlte, wie ein Stern am ganzen Leib! Plötzlich glitt die Helligkeit all der Menschen und meiner Gefährten, in Form von blitzartigen Energiewellen, direkt hinein in meinen Körper!

Mich überkam ein Gefühl von innerer Ruhe, der Harmonie und Einklang mit mir selbst und der gesamten Welt! Ich spürte eine kolossale, unbesiegbare Macht, verliehen von der Erde und all ihrer Kinder! Die Kraft des Deliraza Kristalles vereinte sich mit ihr in meinem Innern!

Mit erleuchteten Augen sah ich den Himmel. Dort kämpfen weiße Tauben gegen schwarze Krähenscharen. Die Tauben siegten!

Das gute Omen hatte es prophezeit, wie auch das Orakel der Elfen oder die Überlieferungen auf Maana. Die Zeit war also reif!

So legte ich meine Hände auf Kyunguskans schleimigen Hals. „Das Böse hast du gekannt, das Gute wirst du jetzt kennenlernen!" erwiderte ich in stolzen Worten. Das Monstrum winselte und schrie, besessen von unermesslicher Bosheit, doch vor meiner Macht konnte es sich nicht retten! Ein allerletztes Mal noch, versuchte das Monster, gegen mich anzukommen, indem es ihre Energieströme gegen meine prallen ließ!

Wie ein goldener Recke gegen giftgrüne Schlangen, kämpften unsere Machtstrahlen gegeneinander an! Das waghalsige Kräftemessen dauerte jedoch nicht allzu lang. Glücklicherweise gelang es meinem goldenen Recken, die Schlange in die Enge zu treiben und sie gnadenlos zu vernichten!

Kyunguskans dunkle Mächte waren damit endlich besiegt! Das Scheusal selbst, stöhnte, kippte in den Dreck und zerfiel rasch zu Staub ... Übrig blieb nur die blaue, stolzgetragene Uniform des

Monsters. …

Vor mir taten sich die Wolken auf, die Sonne schien mir ins Gesicht. Da riss sich plötzlich mein Mund ganz weit auf! Mühevoll versuchte ich ihn wieder zu schließen, doch er bewegte sich nicht, schien wie verkrampft! Ein komisches Brodeln machte sich in mir breit!

Auf einmal befreite sich dadurch mein goldener Recke, die neu erworbene Kraft, aus meinem Körper, schoss, wie ein greller Sonnenstrahl in den Himmel, und teilte sich in Unmengen winziger Plasmakugeln! Diese feinen Stücke bröselten wie Hagelkörner auf den Globus hernieder, und schlüpften bis tief unter die Erdkruste!

Darauffolgend, man konnte es kaum fassen, sprossen Gräser und Blumen, in all ihren bunten Farben, aus den grauen Trümmern des Krieges hervor!

Sogar die Tiere veränderten sich aufgrund des Einsickerns der Energie; Sie wendeten sich gegen die bösartigen Fremdlinge, die Grollorianer! Wie von einem Gott berührt, schritten die Tiere zum Kampf. Überall auf dem Planeten entkamen sie in riesigen Gruppen aus ihren Lebensräumen! Horden von Rehen, Rudeln von Wölfen, Leoparden und Tigern überrollten die grollorianischen Truppen! Gnadenlos scheuchten sie die Feinde in die Flucht! Auf den Meeren verrichten riesige Wale ihr Werk, indem sie grollorianische Schiffe, wild geworden mit Hieben der Schwanzflossen zerteilten!

Vom Himmel aus fielen Vogelscharen im Sturzflug über sie her!

Unser verschollener Kommandant Kampfherz, der sich lang vor den Bestien versteckt hielt, hatte keine Lust mehr davonzulaufen! Stark angeschlagen fand er goldverzierte Stufen vor, die ihn hinauf zu einer kolossalen Statue führten. Den Kopf gesenkt, setzte er sich in den Schneidersitz und ließ die Grollorianer auf sich zukommen.

Und während sie immer höher und höher die prächtigen Stufen hinaufstürmten, verloren sie immer mehr und mehr ihre bösartigen Kräfte. Es war fast so, als hätte ein Gott seine Hand über den Platz gelegt; als wären die meisten Hagelkörner der Energie genau dort eingesickert! Erschöpft wendete sich Kampfherz der Statue zu: Ein Gott, ein göttliches Abbild mit ausgestreckten Armen! Der Kommandant hockte vor dem allmächtigen Herrn, der ihn beschützen und behüten sollte. „Vielleicht gibt es ja doch so etwas wie einen Gott", murmelte er vor sich hin.

Kurz vor der letzten Stufe, wohl aber vor dem Antlitz des Herrn, verstummten die Münder der Grollorianer, die Luft blieb ihnen im Halse stecken! Doch kurz vor dem Ende, zuckte einer der Mutanten eine Handgranate hervor! „Gleich endest du in Fetzen, elender Mensch!" rief er Kampfherz entgegen.
Unvorhersehbar tauchte jedoch eine Schar von Mäusen auf! Sie stellte sich den Grollorianern in den Weg! Empört erwiderte einer der Mutanten: „Macht keine Dummheiten, Mäuse! Ihr seid immerhin unsere Verwandte, Brüder! Von eurer Sorte stammen wir Grollorianer nämlich ab! Ihr solltet uns im Kampf unterstützen!"
Mit dieser Vermutung lagen die Außerirdischen allerdings daneben, denn obwohl die kleinen, irdischen Nagetiere mit ihnen verwandt waren, so war ihr Herz an den blauen Planeten gebunden! Mäuse, wie auch Ratten, waren Teil der Erde und bereit sie zu beschützen!

Damit hatten die Grollorianer nicht gerechnet, als die kleinen Nager zügig über sie herfielen, ihnen den Körper und das Gesicht zerkratzten! Kampfherz konnte nicht fassen, was sich da vor ihm abspielte! Schwer atmend und sichtbar geschwächt zündete ein Grollorianer trotz allem mit letzter Kraft die Handgranate! Er holte Schwung, wirbelte einwenig, doch zum eigentlichen Wurf kam es nicht mehr! ...
Die heftigen Kratzwunden ließen die Bande nach hinten kippen! Die Granate glühte auf und explodierte schließlich noch in den Krallen des Bösewichts, riss somit alle Grollorianer mit in den Tod! Die Brüder, von denen die Außerirdischen glaubten bewahrt zu werden, hatten sie letztendlich für ihre Erde vertrieben! Eine wundersame Wendung! Auch die göttliche Macht, der Kampfherz zuvor nie Beachtung schenkte, hatte ihm in letzter Sekunde das Leben gerettet! Der vorerst Ungläubige kniete sich gnädig vor der Gottesstatue, sah seine Fehler ein, und sprach: „Ich danke dir, Herr! Vergib mir, du warst wirklich Gottes Sohn!"

»Die Rattenplage aus dem All war besiegt! Das Leben auf der Erde konnte ihren gewohnten Lauf wieder fortsetzen. Denn auch, wenn der Krieg vieles zerstört, in Trümmer zerlegt und Opfer gefordert hatte, gab sich der blaue Planet nicht geschlagen! Von göttlicher Energie getrieben, überwucherten Pflanzen die Zeugen der Schlacht,

Tiere gingen wieder ihrem Instinkt nach, und das pulsierende Treiben der Menschheit konnte von neu beginnen! Die Erde erholte und reinigte sich schnell vom dunklen Schatten des Bösen.

Dabei erinnerte ich mich an einen Satz, den meine weise Groß-mutter zu sagen pflegte: 'Egal was kommen mag, welch dunkle Gefahren sich auch anbahnen mögen, das Leben findet immer einen Weg!' Sie wusste sicherlich mehr, als sie mir damals preisgab, doch ich war noch zu jung, um alles zu begreifen. Ihre Weisheiten zeugten davon, dass sie in ihrer Zeit, so einiges erlebt und mit den kuriosesten Dingen konfrontiert wurde. Sie versuchte mir stets den richtigen Weg zu weisen, damit ich nicht auf falschen Fuß gerate, mein Ziel sicher erreiche!

Genau das ist es, was wir schätzen sollten! Das Alte in Erinnerung halten, uns die Weisheiten unserer Ahnen zu Herzen nehmen! Ihre Erzählungen und Erlebnisse, gute oder schlechte, könnten für uns, die Nachkommen, von unvorstellbarem Nutzen sein! Dahinter steckt ein gewaltiger Schatz an Wissen und Intelligenz! Natürlich liegt es in deiner Hand, was daraus zu machen, welchen Weg du daraufhin einschlägst! Man darf niemals vergessen, wo man herkommen, wo die eigenen Wurzeln liegen, wer man ist!

Die Erinnerung, das Wachhalten der Vergangenheit, das große Wissen der Ahnen, könnte uns sogar eines Tages das Leben retten!«

Die Menschen der Erde hatten durch mich eine Art Erleuchtung erfahren, weshalb sie mir und meinen Gefährten ungeheuer dank-bar waren. Völker aus verschiedensten Ländern kamen, um uns ihren Dank auszusprechen und Geschenke zu überreichen. Viele begannen wieder in die Kirchen zu pendeln, um ihren Gott in die Arme zu schließen. Unter den Gläubigen saß auch Kampfherz, der sein bisheriges Leben überdachte, und sich die Sünden von der Seele sprach. „Es ist schon eigenartig … Manche Geschichten wiederholen sich doch stets aufs Neue … „ dachte er.

Die Elfenkrieger, die uns während der Schlacht tapfer den Rücken gestärkt hatten, bereiteten sich auf die Heimreise vor. Ihr Ältester schüttelte mir zum Abschied würdevoll die Hand: „Dein Sieg war nicht zu umgehen, Sir Segler! Du bist der Erlöser, das weißt du!

Keinem anderen wäre es möglich gewesen, so vielen Wesen zu helfen, sie von geistiger Macht zu überzeugen, und die räudigste Plage des weiten Universums zu bezwingen! Die Erde, die Göttin der Menschheit, ist nun in sicheren Händen! Das Orakel hat uns nicht enttäuscht, mein Freund!"

Freundlich erwiderte ich: „Nein, das hat es nicht! Doch ich muss dir ebenfalls danken, für deine überzeugenden Ratschläge, deinen Mut und vor allem für den tapferen Beistand in diesem Krieg! Du hast von Anfang an, an meine Bestimmung geglaubt. Ich wünsche dir und deiner Kompanie alles Beste! Auf das auf ewig Frieden bei euch im Mythenreich herrscht!"

„Oh ja, jetzt können wir alle wieder ruhig schlafen!", scherzte er, verbeugte sich, und folgte seinen Leuten zu den fliegenden Dschunken.

Nachdem die Schiffe abgehoben und märchenhaft im Himmel verschwunden waren, tauchte vor mir plötzlich der Allwissende auf! Erst glaubte ich, einen Geist zu sehen, doch er war es tatsächlich! „Sie?! Aber wie ist das möglich? Sind sie mit den Dschunken aus dem Mythenreich gekommen? Und warum, in Gottes Namen, haben sie sich nicht im Krieg blicken lassen?! Ihre Zauberfähigkeiten hätten uns sehr geholfen!" „Oh, mein Junge, seufzte er, „das hätte ich gewiss versuchen können, aber diesen Kampf zu bewältigen, war ganz allein deine Aufgabe. So wollte es das Schicksal, die Prophezeiung! Einige Dinge stehen bereits fest in den Sternen geschrieben, unmöglich sie zu verdrehen, oder zu ändern!"

Interessiert nährten sich Nadejana, Marc und Anzeron dem Gespräch. Marc, genau wie ich vom späten Auftauchen des Weisen überrascht, überhäufte ihn sofort mit Beschimpfungen! „Du Zauberer hättest ruhig früher auftauchen können, statt uns beim Abmetzeln zuzusehen!" schimpfte er ungehalten. Unverwundert erklärte der Allwissende: „Ich habe in meinem Leben vieles im Universum gesehen und im Laufe der Zeit vieles dazugelernt. Ich weiß, dass man in den Lauf der Dinge nicht blind eingreifen sollte. Stellt euch nur mal vor, ich hätte es geschafft, Phil vom Mythenreich aus direkt auf die Erde zu teleportieren? Dadurch hätte er zum Beispiel niemals den Kristall berührt, keine Kräfte erweckt und wäre niemals seiner Liebe begegnet! Ich hätte vieles verändern können, jedoch hätte das nur zu mehr Problemen und Verwirrungen als zum Ziel geführt."

Der Allwissende ließ uns einen Moment lang nachdenken, setzte dann aber fort: Ich zumindest, bin glücklich euch hier siegreich anzutreffen! Die uralten Prophezeiungen haben sich erfüllt! Die felsenfeste Freundschaft und auch die Liebe, die sich zwischen euch, im Laufe eurer waghalsigen Reise, entwickelt hat, ist ein so festes Gespann, das sich niemals lösen wird!"
„Was werden sie nun tun, Allwissender?"
Der Weise lächelte, und sprach: „Das, was meine Aufgabe im diesem Kosmos ist: Ich werde mich zurückziehen und über die Welt wachen, und wann immer jemand einen Rat brauch, so werde ich zur Stelle sein!"
Anschließend wendete er sich von uns ab und verschwand auf magische Weise, in einer alten, mysteriösen Eiche …

Die Menschen begannen mit dem Wiederaufbau: Häuser, Straßen, ja ganze Städte mussten neu errichtet werden. Eine harte, schweißtreibende Arbeit lag vor ihnen, aber sie wussten, dass nun alles wieder gut sein würde. Meine Gefährten und ich sorgten unterdessen für ein stolzes Begräbnis unseres Freundes Minor, der im Kampf sein Leben ließ, um Marc zu beschützen.
„Dieser Mann hat bewiesen, dass Gutes in ihm steckt! Anfangs war er zwar mein Feind, doch im Leben kann sich das Blatt schnell mal wenden", offenbarte uns Marc in voller Einsicht.
Ich ließ den alten Mann nahe der Eiche beerdigen, damit ihn der Allwissende ständig unter seinem Schutz halten kann. Schließlich verabschiedeten wir uns von ihm.

Und während unseres gemeinsamen Aufenthalt auf dem blauen Planeten, fasste ich mir ein Herz und hielt Nadejana, um ihre Hand an! Sie war überglücklich, strahlte über das ganze Gesicht! „Oh, Liebster, natürlich sage ich 'Ja'! Das ist der schönste Moment meines Lebens! Ich liebe dich über alles auf der Welt!" „Ich liebe dich auch, mein Engel! Nichts wird uns je voneinander trennen können!"

Später dann, gebar sie mir einen wunderschönen Sohn! Er ähnelte mir völlig, bis auf die wunderbaren, glänzenden Augen, die er von seiner Mutter geerbt haben musste. In ihnen brannte, und sehnte sich förmlich, das galaktische Feuer! Es sehnte sich nach dem Unbekannten, dem Leben dort in den unglaublichen Weiten, dem fantastischen und unbeschreiblichen Weltall! Durch seine ungewöhnlichen Augen nannten ihn die Menschen, den 'Sternenjungen'. Ein Gefühl sagte mir, eines Tages würde er in den Kosmos aufbrechen, um seinen außerirdischen Wurzeln näher zu kommen. Davon war ich fest überzeugt.

Da erinnerte mich Nadejana an das Versprechen, das sie ihrem Vater, König Natrix, gab, als sie ihren Heimatplaneten verließ. Sie hatte ihm versprochen, einst wiederzukommen. „Mein Vater soll nur sehen, dass alles in Ordnung ist, Geliebter", erklärte sie. „Also gut, erwiderte ich erfreut. „Wir reisen nach Maana! Eine gute Gelegenheit, unserem Sohn den Teil seiner Herkunft zu zeigen!"

So entkamen wir wieder einmal in die Weiten des Alls, allerdings nicht für immer! Ich hatte zwar meinem kalten Geburtsort Zeusolar auf ewig den Rücken gekehrt, der Erde beschloss ich jedoch treu zu bleiben! Was meinen Sohn betrifft, nun, er muss selbst entscheiden, wo er mal leben möchte. Aber erst, wenn er reif genug ist, für diese Abenteuer!..

Das glorreiche Schicksal hatte uns letzten Endes, allen einen Platz im Universum verschafft! Mein bärenstarker Freund Marc beispielsweise, wurde zum neuen Anführer der Organisation der Aufklärer ernannt! Verrückt, denn einst war er selbst, der Gejagte! Jedenfalls blieb unter seinem Kommando kein Auge mehr trocken, es kehrte wieder Ordnung ein!
Der wagemutige, einfallsreiche Anzeron beschloss auf der Erde sein Glück zu versuchen. Schließlich gelang es ihm tatsächlich Lehrer zu werden! So lehrte er die Erdenkinder in anatonischen Tugenden. Mut, Beharrlichkeit und Einfallskraft standen an erster Stelle! Auch so, geriet das Wissen des einstigen Volkes der Anatonen, nicht in Vergessenheit. Nein, es verschmolz mit unserem!

Die Erde selbst, war keine Legende mehr. Nun war sie ein fester, ehrenwürdiger Bestandteil des pulsierenden Universums! Sie hatte sich einen Namen gemacht, die einen verwundert, die anderen das Fürchten gelehrt.

103

Im Mythenreich feierten die Elfen mir zu Ehren, wie verrückt.
Stolz setzte sich der Älteste vor das heilige Orakel, das *Gnadelichtbuch*, das die Zukunft prophezeite, und las die letzten Worte: „*Der Erlöser siegt über den dunklen Schatten, bringt seiner Göttin die ersehnte Erleuchtung! Das Gute herrscht in Windeseile …!*